落ちこぼれ子竜の縁
閣下に溺愛されるのは想定外ですが!?

くるひなた

Hinata Kuru Presents

fairy kiss

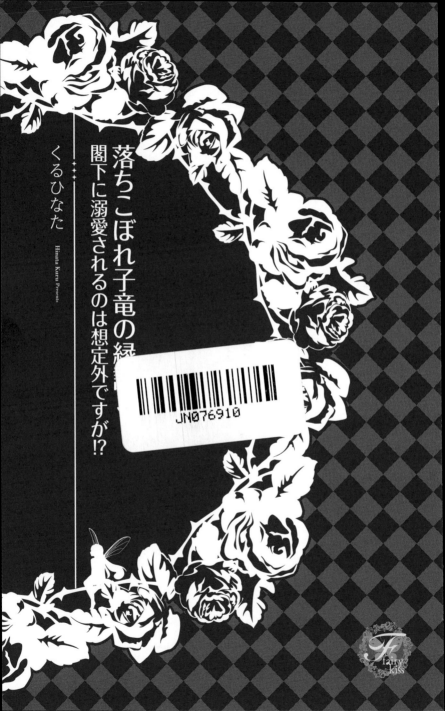

この作品はフィクションです。
実際の人物・団体・事件などに一切関係ありません。

落ちこぼれ子竜の縁談3
閣下に溺愛されるのは想定外ですが!?

第一章　溢《あぶ》れ者同士の夫婦

わんわん、わんわん、とけたたましい犬の鳴き声が、立ち並ぶ木々の合間に響き渡る。

ドウッ、と大きな音を立てて硬い馬の蹄《ひづめ》が地面を蹴り上げれば、辺りには土埃が舞った。

先頭を駆けていくのは亜麻色《あまいろ》の毛並みが美しい鹿である。立派な角を持った大きなオスだ。

やがて、その眼前に高い岩壁が立ちはだかる。

鹿はとっさに進行方向を変えようとしたが、すかさず左右の茂みから飛び出してきた影達がそれを阻んだ。

犬である。

精悍な顔付きをした数頭の犬が、上体を低くし唸《うな》り声を上げながら、ジリジリと鹿を岩壁の際へと追い詰めていく。

絶体絶命。もはや鹿に逃げ場はない——そう思われた時だった。

鹿は突如後ろ足でもって地面を蹴り付け、ぴょんと宙へと飛び上がったのだ。

彼らは助走なしでも成人男性の身長を越すほどの跳躍力を持ち、さらに偶蹄類《ぐうているい》の蹄は岩場や崖を行くのに適しているという。

犬さえも登るのを躊躇《ちゅうちょ》して踏鞴《たたら》を踏んだ岩壁である。後から追い掛けてくる馬には、到底駆け上がることは不可能だろう。

こうして、鹿はまんまと逃げ果《おお》せた――かに見えた、その時である。

ヒュッ、と風を切る音が聞こえたかと思ったら、岩壁を駆け上がっていた鹿の角に何かがガツンと当たった。

矢だ。

矢は、硬い角に弾かれて獲物を仕留めることは叶わなかったが、身体《からだ》の均衡を崩すのには成功した。

そこを、ヒュッと飛んできた次の矢が狙う。

二つ目の矢は、左前足の付け根のやや後ろ――ちょうど心臓の辺りに深々と突き刺さった。

ぐらり、と鹿の身体が横向きに傾く。

そのまま力なく宙に投げ出された亜麻色の巨体は、次の瞬間ドウッと音を立てて地面に沈んだ。

一連の光景を固唾《かたず》を呑んで見ていた私は、ここでやっと息を吐く。

そんな私に、すぐ隣からはしゃいだ女性の声が掛けられた。

「あらまあ、パティ！　誰の矢が鹿を仕留めたのか分かるかしら？」

「はい、お義母様《かあ》。ええっと……一本目の矢羽《やばね》は白、二本目が黒だから……」

私――パトリシアが、新しくシャルベリ辺境伯となったばかりの軍司令官閣下――シャルロ・シャルベリに嫁《とつ》ぎ、彼のご両親の呼び方を〝旦那様と奥様〟から〝お義父《とう》様とお義母様〟に改めてそろそろ五ヶ月が経《た》つ。

足が不自由なお義母様とその車椅子を押す私が今いる場所は、鹿が倒れた岩壁から見て右手にある高台の上だった。

随分と距離があるため、常人の目には矢羽の色を確認するのは難しいだろう。

けれども、私にはどちらの矢が鹿を仕留めたのか容易に知ることができた。

全ては、古《いにしえ》の竜の血を引くメテオリット家に生まれた、曲がりなりにも先祖返りの一人であるが所以《ゆえん》。

と、その時である。

「――ああ、くそう。やられたか」

いかにも悔しげにそう吐き捨てつつ、木立の向こうから真っ先に飛び出してきたのは閣下だった。

黒い軍服を纏《まと》い愛馬に跨《また》がったその背の矢筒からは、白い矢羽が覗いている。

つまり、真っ先に鹿に当たったものの、残念ながら角に弾かれてしまった一本目の矢を放ったのは閣下だったのだ。

この日、閣下はシャルベリ辺境伯軍の精鋭を引き連れて狩りを行《おこな》っていた。

シャルベリ辺境伯領を囲む山脈には鹿や猪《いのしし》など多くの野生動物が生息しており、時折麓《ふもと》の畑を荒らしては人々を悩ませている。

人間の生活基盤が農耕に移行したことでもっぱら王侯貴族の娯楽として扱われている狩猟だが、害獣の個体数を調整して被害を防ぐという意味合いもあった。

また、今日の鹿狩りのように多人数を指揮して獲物を囲い込み、猟犬を使って追い詰め仕留める狩猟方法は巻狩《まきがり》と呼ばれ、軍事訓練としての役割も狙っている。

そのため、シャルベリ辺境伯領では定期的にこうして軍を挙げての大規模な狩猟が行われてきた。

私とお義母様は、万が一にも流れ矢の届かない高台に組まれた陣からその様子を見学していたのだ。

背後に広がる高原には大きなテントが張られ、狩った獲物はすぐさまそこで解体処理されるのだとか。

今し方《がた》仕留められた鹿は、本日の四頭目。

とはいえ、これまでで一番若々しくて立派な獲物だったため、それを自らの手で仕留めることが叶わなかったのが、閣下は悔しくて仕方がない様子だった。

彼は馬に跨ったまま、地面に転がってぴくりとも動かない鹿を見下ろし、大きく一つため息を吐《つ》く。

その姿を遠目に眺め、私はおろおろと落ち着かない気分になった。

そんな私の視界に、新たな人物が登場する。

「――私の腕もまだまだ鈍《にぶ》ってはいないようだな」

閣下よりわずかに遅れて岩壁の前に到着したのは、お義父様だった。その背の矢筒から覗く矢羽は黒。つまり……

「お義母様、お義父様です！　あの鹿を仕留めたのはお義父様の矢ですよ！」

「まあまあ！　さすがは旦那様だわぁ！　彼、昔から弓の名手として名高いのよ！　王国軍に交じっての御前試合でだって何度も優勝したことがあるんですものっ‼」

私の言葉を聞いたとたん、お義母様は手を叩いて歓声を上げた。

頬を赤らめてうっとりと微笑《ほほえ》む姿はまるで少女のようで、とても可愛《かわい》らしく見える。

その様子に、思わず頬を綻ばせた時だった。

お義母様の向こうから、あちゃーという声が上がる。

「ご隠居に後れをとったということは……閣下ってば、相当悔しがってるでしょうね。パトリシア様、あの父子《おやこ》がどんな会話をしているか聞こえますか？」

「あっ……はい、少佐。ええっと……」

声の主は、閣下の腹心モリス・トロイア少佐。

少佐は今回、護衛役として私とお義母様の側《そば》に付いていてくれていた。

一方、その愛犬であるロイは猟犬として狩りに参加しており、目下射止められた鹿を囲む一団の中にいる。

とはいえ、猛然と鹿を追っていた先ほどまでの野性的な面構《つらがま》えからは一転して、今はお義父様に手柄を持っていかれて肩を落とす閣下を心配そうに見上げていた。

馬の首を並べたお義父様に向かって、閣下が何やら口を開く。

常人には聞こえないであろう彼らの会話も、竜の血を引く私の耳は拾うことができた。

「父さんも大人気《おとなげ》ないことをなさる。新婚ほやほやの可愛い息子に花を持たせてやる度量はないのですか」

「勝負事に親も子もあるものか。それに――私とて、奥の前でまだまだ腑抜けた姿は晒《さら》せぬわ」

閣下の恨み言を一笑に付したお義父様が、私達のいる高台を見上げて小さく手を振る。

その視線の先にいるのはお義母様だ。

にこやかに手を振り返す彼女の耳に、私はお義父様の思いを伝えた。

「お義父様は、お義母様にいいところを見せたかったみたいですよ」

「あらまあ、うふふ……旦那様ったら」

「いやはや、相変わらずお熱い。ご馳走様ですー」

お義母様の頬がますます鮮やかに色付く。

それを冷やかす少佐の言葉に苦笑いを浮かべつつ、私はいつまでも仲睦まじいお義母様とお義父様に憧れを覚えた。

そんな中、子供のように不貞腐《ふてくさ》れていた閣下も、お義父様の視線を追いかけてこちらを見上げる。

彼の空色の瞳が捉えたのは――私。

「閣下……」

目が合ったとたん、閣下の端整な顔が柔らかく綻んだ。

黒い軍服の袖に包まれた長い腕が大きく振られる。

私はお義母様と同様に頬が色付いたのを自覚しつつ、おずおずと手を振り返した。

「あーあ、こっちもお熱いことで。羨《うらや》ましい限りですねー」

とたんに茶化してくる少佐だが、彼こそ半年ほど前に第一子が誕生して、今まさに幸せの絶頂にある。

慣れない子育てに仲良く奮闘する少佐と奥様の様子を聞くにつけ、夫婦としては先輩である彼らの関係にも憧れを抱いていた。

私も、閣下といつまでも仲睦まじい夫婦でありたい。

そう心の中で呟いた時だった――ガサガサと音を立てて、近くの茂みが揺れたのは。

「な、何……？」

「パトリシア様！」

かつてこのシャルベリ辺境伯領を囲む山脈には、鹿や猪の他にもそれを餌とする狼《おおかみ》や熊といった肉食動物が生息していたこともあったらしいが、近年では全く姿が確認されていないという。

けれども、腰に提《さ》げたサーベルの柄《つか》に手をかけ、少佐が私の前に躍り出る。

すると、次の瞬間――

「わあっ、何だ⁉」

茂みから飛び出してきた何かが、立ち塞がった少佐の長い脚の間を潜《くぐ》り抜け、その先にいた人間――つまり、私目がけて飛びかかってきたではないか。

「ひぇっ⁉」

私の隣には、車椅子に乗ったお義母様がいる。

彼女の上に倒れ込むわけにはいかないと、私は飛びかかってきた何かを上体にへばりつかせたまま、必死にその場に踏みとどまった。

図らずも真っ正面から向かい合うことになった相手の顔は、口の周りから目にかけては黒、それ以外は赤褐色の毛むくじゃらだ。

その黒々とした円《つぶ》らな瞳には、ポカンとした私の間抜け面が映り込んでいる。

それが犬だと気付いた瞬間、そいつは追い打ちをかけるかのように、ピンク色の舌でペロンと私の鼻先を舐め――吠えた。

「わん‼」

「ひうっ……」

私の胸の奥で、心臓がピョーンと跳ねた。

ドクッ！　ドクッ！　ドクッ！　と鼓動が異常なほど激しくなる。

強烈な勢いで心臓から吐き出された血液が、凄《すさ》まじい速さで血管の中を駆け巡った。

全身に張り巡らされたありとあらゆる毛細血管の先端にまで、古来より受け継いだメテオリット家の血が行き届く。

後は言わずもがな。

へばりついた毛むくじゃらを押し退《の》けようとしていた両腕が、人間らしいものから、肌色に朱色を混ぜ込んだみたいなピンク色をした短いものに変わる。申し訳程度の鉤爪《かぎづめ》が付いた五本の指は、赤子のそれのようにふくふくとして小さい。

私が生まれたメテオリット家は、この国を治めるアレニウス王家の末席に連なるばかりか、古の竜の血を引く一族である。

竜の血は女にのみ遺伝し、私はそんな中で時々生まれる、始祖たる竜の姿に転じることができる先祖返りだった。

とはいえ、竜となった私の姿といったら、お腹《なか》ぽっこり頭でっかちのちんちくりん。

長い尻尾《しっぽ》や翼はあるものの、体長はだいたい小型犬くらいしかなく、人間の時の髪の色が反映された身体はピンク色——つまりは、竜らしい威厳なんて皆無だった。

「ぴぃ！　ぴぃいい‼」

口から出るのは、雛鳥《ひなどり》のような鳴き声ばかり。

ちんちくりんの子竜では、何倍もありそうな犬の身体を到底支え切れず、圧《お》し潰されるようにして地面に転がった。

何しろ、相手はロイよりもまだずっと大きな犬だったのだ。

犬は別に私を襲おうとしたわけではなく、私の隣にいたお義母様の、その腕に抱かれていたピンク色の子竜のぬいぐるみに戯《じゃ》れつこうとしただけのようだ。

とはいえ、ただのぬいぐるみではない。

それが証拠に、ぬいぐるみはお義母様の車椅子の手すりから身を乗り出して叫んだ。

『パトリシア、大丈夫か⁉』

「ぴいいいんっ‼」

裁縫上手なお義母様が私の子竜姿を模して作った、掌《てのひら》大のぬいぐるみ。

動かしているのは、このシャルベリ辺境伯領の守り神ともいうべき竜神——を象《かたど》った石像の化身である小竜神だ。

基本的には本体が安置されている神殿からあまり離れられないのだが、閣下の甥エドワード・オルコットが持っていた首長竜のぬいぐるみに憑依したのをきっかけに、何か媒体となるものがあれば遠くまで行けることに気付き、以降様々なものの身体を借りて行動範囲を広げている。

この日も、休憩時間のお茶請け用として持参した好物のチョコを目当てに狩猟についてきていた。

「こ、こらっ！　離れろ……って、うっ、重っ⁉」

まんまと股下を潜られた少佐が、慌てて振り返って犬を引き剝がそうとする。

「まあまあ、パティ。大丈夫？　母様のお膝にいらっしゃい」

車椅子から伸びてきたお義母様の手も、私を掬《すく》い上げてくれた。

「お前……確か、数ヶ月前にアーマー中尉のところに来た子犬じゃなかったかな？　少し見ないうちにまた随分とでかくなったなぁ……」

少佐は顔中をベロベロと舐めまくられながら、犬の身元を割り出す。

アーマー中尉というのは、以前ミゲル王子殿下がシャルベリ辺境伯領を襲撃した際に南のトンネルを守っていた隊の責任者で、ハリス国王陛下の戴冠式に際しては一個小隊を率いて王都まで閣下に随行した人物でもある。

「ぴぃぃ……」

『パトリシアが食われてしまうかと思った……』

「あらあら、まあまあ。うふふ、びっくりしたわねぇ」

私と小竜神は、お義母様の膝の上で抱き合いブルブルと震える。

そんな私達の背中を、お義母様がよしよしと撫でてくれた時だった。

ドーン、と。

目の前に馬が飛び出してきたのは。

「『!?』」

「あらぁ」

私も少佐も小竜神も、目が点になる。

肝の据《す》わりっぷりが半端ではないお義母様だけが、にこにこと微笑んだ。

高台で狩猟を見学していた私達の目の前は崖である。

馬は、そんな崖の下から飛び出してきたのだ。

そして、ガツンッ！と蹄を地面にめり込ませて着地したその背から、黒い軍服をはためかせて飛び下りたのは、ついさっき私と視線を交わした人――閣下だった。

「――パティ!!」

閣下の愛馬は、鎧で武装した重騎兵を乗せるために品種改良を重ねられた、とりわけ身体が大きくて力持ちな軍馬だ。

奇蹄類《きているい》の馬の蹄は、さっき仕留められた偶蹄類の鹿のように崖を登るのには適していないはずなのだが。

「うわ、ほぼ垂直の崖を……。登る馬も馬だけど、登らせる閣下も閣下だな。こわ……」

閣下の愛馬は、アーマー中尉のものと思《おぼ》しき大きな犬を抱えたまま顔を引き攣《つ》らせる少佐を見下ろし、「どや」とでも言いたげにフンフンと鼻息を荒らげている。

一方、一直線にこちらに駆け寄ってきた閣下は、お義母様の膝から私を抱き上げて頬擦《ほおず》りをした。

「ああー、よちよち！　びっくりしたねぇ！　下から見ていた私もびっくりしたよ!!」

「ぴぃ」

「はうわわわ！　涙目、かわわわっ……じゃなくて、モリスー!?　お前、ちゃんとパティの盾になって犬を受け止めんかい!!」

「すみませーん、閣下ー。私の足が長いばっかりにー……って、あいたぁ!?」

突然の悲鳴に、何ごとかと驚いた私は閣下の腕の中から少佐を見遣る。

すると、その足元では真っ黒い長毛種の犬がガツンガツンと頭突きをお見舞いしているではないか。

閣下と同じく下の狩場にいたはずの、少佐の愛犬ロイだった。

「いたっ、いたたっ……ええ？　ロイ？　何すんの!?」

「あらあらまああ、ロイちゃんたら。ご主人様が他の犬を抱っこするから妬《や》いちゃったのねぇ」

「へ……や、妬く!?　ロイ、そうなのか？」

「きゅうん……」

お義母様がロイの気持ちを代弁すると、少佐はたちまちアーマー中尉の犬を放り出した。

そして、スピスピ鼻を鳴らして甘えるロイを抱き締めると……

「はうわわわ！　ロイ、かわわわっ……!!」

少佐の語彙力が死に絶えた。

なかなかどうして。

閣下と少佐は、似たもの主従である。

＊＊＊＊＊＊

カーテンの隙間から差し込む朝日に瞼《まぶた》をくすぐられ、ゆるゆると目を開く。

とたんに、息がかかるほどの距離にあった端整な寝顔に、私は小さく心臓を跳ねさせた。

「閣下……」

初めての縁談の相手に同棲中の恋人がいた私。

そして、縁談の相手が別の男と駆け落ちしてしまった閣下。

紆余曲折《うよきょくせつ》の末に夫婦となった溢れ者同士の私達は、結婚式を挙げた日の夜に初めて枕を交わして以来、毎晩同じベッドで眠るようになっていた。

閣下の逞《たくま》しい腕が、私を抱き寄せるみたいに背中に回っている。

素肌の上にさらりとした絹の寝衣を纏っているが、実のところ閣下にそれを脱がされた覚えはあっても、自力で着直した記憶はない。

というのも、未熟者の私は夜毎《よごと》与えられる愛情を受け止めるのに精一杯で、その余韻に浸る間もなくいつも寝落ちしてしまうからだ。

そういうわけで、私はいまだに閣下が眠りに落ちる瞬間を目にしたことがない。

代わりに、こうして運良く先に目覚めた朝は、彼の寝顔をこっそりと眺めるのが密かな楽しみとなっていた。

「ふふ、かわいい……」

私は小さく笑って、瞼に掛かってくすぐったそうな閣下の髪をそっと除《よ》ける。

ずっと年上の男の人だというのに無防備な寝顔はどこか幼げで、えも言われぬ愛《いと》おしさを覚えた。

いつも真っ直ぐに私の姿も心も捕らえてしまう空色の瞳は、今は瞼の下に隠されている。

目が合うと無性にドキドキしてしまうため、夫婦となってもなお、こんな時にしか閣下を見つめられない私はとんだ意気地なしだ。

けれども少しだけ勇気を出して、いつも自分がしてもらうみたいに彼の頬に唇を寄せた時である。

「——ひうっ⁉」

ふと視線を感じて顔を上げた私は、とっさに両手で口を塞いで悲鳴を押し殺した。

心臓が、あわや子竜に、というくらいにバクバクと激しく脈打つ。

そんな私の驚き顔を映すのは、竜神の鱗みたいに虹色に輝く大きな瞳。

それが三対、瞬きもせずに、私と閣下を枕元から覗き込んでいたのだ。

『『『ごきげんよう、パトリシア』』』

「ひえ……ご、ごきげんよう……？」

愛らしい少女のような——ただし、竜に変化した姉や小竜神のように頭の中に直接響いてくる声が三つ、重なって聞こえる。

私と閣下の枕元に並んでいたのは、まるで生きているみたいに見える精巧な人形――三体のビスクドールだった。

ふんだんにフリルが使われたお揃《そろ》いの衣装を纏い、大きさは子竜になった時の私くらい。

閣下やお姉様達のそれとよく似た艶やかな黒髪で、ふっくらとした頬はピンク色。

薄い唇に愛らしい微笑みを湛《たた》えた、全く同じ顔の人形達の名前は、シャルロッテ、シャルロッタ、シャルロットという。

それは、かつて雨乞いのために竜神に捧げられた二人目、三人目、四人目の生贄《いけにえ》の名前だった。

元々は、閣下の三人のお姉様達が幼い頃に遊んだ――実際はそれを使って〝閣下で〟遊んだ人形である。ところが、小竜神が物に憑依して自由に動けるようになったのと時を同じくして、こうして生きているみたいに振る舞うようになっていた。

そんな人形達は、困惑する私の隣でまだ瞼を閉じている閣下に向き直ると、それぞれに口を開く。

『ちょっとー、シャルロ。あなた、いつまで寝たふりするつもりかしら？』

「……っ」

『自分が眠っていると思い込んだパトリシアが、普段よりちょっと大胆に触れてくるのを楽しんでいるんでしょう？』

「……」

『あなたが起きると、この子ったら恥ずかしがってすぐにベッドから逃げちゃうものねえ』

「……」

人形達はそれぞれのちっちゃな手で、閣下の頭を容赦なくバシバシと叩きながら言う。

「えっと……寝たふりって……？」

思ってもみなかった彼女達の言葉に、私が目を丸くした時だった。

背中に回っていた逞しい腕に力がこもると同時に、それまで閉じていた閣下の両目がぱっと開く。

そうして、ぎょっとする私を抱いて起き上がったと思ったら、枕元に居並ぶ人形達を睨んで吼《ほ》えた。

「くそっ……お前達、よくも邪魔をしてくれたな！　せっかく、パティが！　この恥ずかしがり屋さんのパティが！　自ら私のほっぺにチューしてくれるところだったというのに!!」

『『『やあね、いやらしい男』』』

「は？　パティは私の奥さんだが？　可愛い可愛い奥さんからのキスを心待ちにすることの、どこがいやらしい!?　むしろ、問答無用で襲いかからなかった私を褒めるべきでは!?」

『『『朝から何言ってるのよ、このケダモノ』』』

起き抜けから血気盛んに人形達とやり合う閣下。

一方私は、自分が彼の頬にキスしようとしていたことを思い出し、みるみると顔を赤らめるのだった。

「か、閣下……寝たふりって……」

「あぁあ……ご、ごめんよ、パティ！　君を騙したかったわけじゃないんだ！　パティから触れてくれるのが嬉《うれ》し過ぎて、目を開けるのが惜しかったというか……」

首まで真っ赤になった私に気づいて、閣下がワタワタと慌てる。

そんな私達を微笑ましげに眺めながら人形達が続けた言葉に――

『相変わらず、初々しい夫婦だわねぇ』

『そのくせ……ねえ、お二人さん？』

『昨夜は、随分とお楽しみだったじゃないの？』

「ふえっ⁉」

それに対して、胸を張って大きく頷く閣下の言葉に――

「一体いつからこの部屋に忍び込んでいたんだか。しかしまあ、昨夜も楽しんだことは否定しないがな！」

「ふわっ⁉」

私の全身は、ついに隈《くま》なく真っ赤に染まるのだった。

領主の主な役目は、領土や領民の統治および管理を行うことである。

領主は、領内で起こった犯罪に対する裁判権、公共の秩序を維持するための警察権、また領民から税を徴収する徴税権などといった権限を有する代わりに、領民の命や財産を保護する義務があった。

一方領主の妻にも、邸《やしき》の家政全般を取り仕切ったり、領地を訪れた客人を接待したり、夫の留守に代理を務めたりと様々な役目があるばかりか、お茶会やサロンを開くなどといった文化的な貢献も求められる。

さらに、爵位が世襲制の社会において、領主の妻の最も大事な仕事とされるのは、世継ぎを産むことだった。

そんな領主の妻となって五ヶ月が経とうとしている私は、ゆっくりとソファに腰を下ろすと、肩に凭《もた》れかけさせた赤子の小さな背中をトントンと軽く叩く。

「げぷっ」

「ふふっ」

とたんに耳元で聞こえた盛大なゲップに、私は思わず噴き出していた。

生後六ヶ月。閣下がシャルベリ辺境伯位を継いだのと同じ日に産声を上げた赤子だ。

父親譲りの焦げ茶色の髪は生まれた時と比べると随分と生え揃い、ぱっちりとした瞳は母親譲りの緑色。

むちむちの小さな手が私の肩に乗っかっていたピンク色の子竜のぬいぐるみをぎゅっと握ると、

『うっ』と呻《うめ》き声が上がった。

手触りのいい綿の衣服に包まれた赤子の身体は柔らかくて温かく、ミルクみたいな、あるいはおひさまみたいな、とにかくとてもよい匂いがする。

「かわいい……」

えも言われぬ愛おしさを覚えた私は、はあと感嘆のため息を吐いた。

そうして、お腹がいっぱいになってうとうとし始めた赤子をそっと抱き締める。

そんな私の向かいのソファでは――

「――とおとい」

閣下が両手で顔を覆って天を仰いでいた。

何だか少しばかり口調が怪しい。

「見てみろ、モリス！　可愛い赤ん坊と可愛いパティのこの親和性……尊《とうと》いが過ぎる……！　仕事なんてやってる場合じゃないんじゃないか？」

「いや、ちゃんと仕事してくださいって。こちとら子連れで残業するわけにはいかないんで、意地でも定時に帰りますからね？」

お馴染み、軍の施設三階にあるシャルベリ辺境伯軍司令官の執務室。

その部屋の主《あるじ》である閣下は、ぷーぷーと寝息を立て始めた赤子を起こさないよう声を抑えつつも、興奮は抑えられない様子である。

その前に容赦なく書類の山を築いたモリス少佐の髪は焦げ茶色。私の腕の中ですっかり寝入った赤子ルカリオ・トロイア――ルカ君と同じ色をしていた。

第一子であるルカ君が生後二ヶ月を過ぎた頃から、少佐は度々彼を連れて軍の施設に出勤してくるようになっていた。

少佐夫人はたいそう売れっ子の刺繍《ししゅう》作家だそうで、彼女の仕事が立て込んでいる日などは集中できるようにと子守りを分担しているのだ。

トロイア家はシャルベリ辺境伯家に次ぐと言われる名家で、それ故少佐の父親であるトロイア卿は乳母を雇おうと提案したらしい。しかしその際、少佐夫人が出産後も仕事を続けようとしたことを咎めたため、少佐が強く反発。

夫人の両親は遠方に住んでいることから、夫婦二人だけでルカ君の面倒を見ることに決めたそうだ。

そんな事情を聞かされた閣下は当初、少佐に育児のための休暇を取るよう勧めたのだが……

「はぁあ!? 私が休んでしまったら、他に誰が閣下の面倒を見るっていうんですか!?」

「いや、自分の面倒くらい自分で……」

「そういう台詞《せりふ》は、決済期限の迫った書類を溜めなくなってから言ってもらえますぅう!?」

「御意」

そんなこんなで、赤子を抱いて出勤する少佐の姿は、軍の施設では当たり前になってきていた。

もちろん、閣下の腹心である少佐は多忙なため、時には私やお義母様、出産経験のあるシャルべリ辺境伯邸のメイドなどがルカ君を預かることもある。

そんな風にルカ君が軍の施設で過ごすに当たり、最も重要な役割を担う者がいた。

「閣下と少佐は相変わらずですねー」

そう苦笑いを浮かべながら、すやすやと眠るルカ君を抱いた私の隣に腰を下ろしたのは、閣下や少佐と同じシャルベリ辺境伯軍の黒い軍服を纏った女性だった。

年は、閣下と同じくらいだろうか。長い亜麻色の髪を後ろできっちりと一つに結んだ、キリリとした印象の女性軍人である。

彼女に気付いた少佐は、慌てて姿勢を正して口を開いた。

「アーマー中佐！　本日もありがとうございました！」

「いいえ、こちらこそお役に立てて嬉しいわ」

アーマー中佐は、先日の狩猟の際に私に飛び付いてきた大きな犬の飼い主、アーマー中尉の奥さんである。

息子が一歳を待たずに急に卒乳してしまい、お乳が張って悩んでいたこともあり、ルカ君が軍の施設で過ごす日の授乳を請け負ってくれているのだ。

生後六ヶ月の赤ちゃんは一日にだいたい五回から六回授乳が行われるが、中佐はそのうち勤務時間内の午前と午後の一回ずつを担当するため、日に二回、軍司令官執務室の隣の部屋——元々は副官の執務室だが、少佐は閣下を見張るのに忙しくてこれまでほぼ使っていなかった——に足を運んでいた。

もちろん、彼女には軍から相応の手当が支給されることになっている。

中佐はすやすや眠るルカ君の頬――ではなく、何故か私の頬をなでなでしながらほくほくと笑って言った。

「お乳の張りも解消されるしー、臨時収入ももらえるしー、良いことずくめだわー」

「おい、中佐。さりげなくパティをお触りしないでくれ」

「だって、閣下。パトリシア様が可愛いんですものー」

「それには激しく同意する」

中佐は三人の男の子の母親だという。上の二人はすでに学校に通う年齢だが、一歳になったばかりの三男は夫である中尉の両親が預かってくれているらしい。

一方で中佐自身の父親は、トロイア卿と同様に女性が結婚後も仕事を続けることに良い顔をしないのだとか。

女性の社会進出が進みつつある昨今、職務の性質上男性中心の職場であった王国軍やシャルベリ辺境伯軍でも女性の割合が増えてきている。

中佐はそんな中でも大出世した女性の一人で、シャルベリ辺境伯軍の女性軍人にとって目標となる存在だった。

しかしながら、〝女は男を立てて家庭を守るもの〟といった保守的な考えの人間もいまだ少なくはなく、女性達の活躍を阻もうとする陋習《ろうしゅう》もまだまだ根強い。

竜の血が女性のみに遺伝することから、男性よりも女性の立場が強いメテオリット家で生まれ育った私からは、性差の不平等がより顕著に見えた。

そんな逆風にも打ち勝って今の地位を得た中佐だが、今度は私の髪を撫でながらふと悩ましげなため息を吐く。

どうかしたのかと首を傾げれば、彼女は苦笑いを浮かべて続けた。

「いえね、パトリシア様を見ていると末の妹のことを思い出してしまって。ここ最近、父親とひどく揉めているみたいなんですよね……」

「それは心配ですね……何かあったのでしょうか？」

「あの子、今年の竜神祭の乙女役に決まっているんですけど、どうも本人は乗り気じゃないようで。あ、パトリシア様は今年初めて竜神祭をご覧になるんでしたよね？　乙女役っていうのは、つまり竜神に捧げられた生贄の乙女のことなんですが……」

「生贄の乙女……」

ルカ君のむちむちの手に握り締められていた子竜のぬいぐるみ――ではなく、それに憑依した小竜神がピクリと小さく震える。

シャルベリ辺境伯領は大昔から、周囲を高い山脈に囲まれた盆地だった。

海からの湿った空気は高い山脈を昇っていく過程で冷やされ雲を作り、山脈を越える前に雨を降らせてしまう。その結果雨雲が辺境伯領までやってこず、かつてはしばしば深刻な水不足に苦しめられていた。

領地の真ん中には大きな貯水湖があり、そのちょうど中央には竜神を祀《まつ》る神殿がある。

昔は貯水湖が干上がると、この神殿に生贄を捧げて竜神を呼び寄せ、雨乞いをしたらしい。

そうして、自らと引き換えにシャルベリを救った七人の生贄は全て、当時の領主の娘達であったという。

「よくよく考えたら、嫌がる娘に〝生贄の乙女〟役を強制するなんて……うちの父親はとんだ鬼畜野郎ですねぇ」

中佐はそう言って肩を竦めた。


『『『むかしむかしのことです。何ヶ月も雨が降らないことがありました』』』

竜に変化した姉や小竜神のように頭の中に直接響いてくる声が三つ重なる。

アーマー中佐が閣下の執務室を出ていくと、それまでただの人形のふりをしていたシャルロッテとシャルロッタとシャルロットが動き出した。

何を隠そう、彼女達も頼りになる子守り要員だ。

すっかり寝入ったルカ君を私が窓辺に置かれた揺りかごに寝かせると、いそいそと集まってきて小さな白磁の手で優しく揺らし始める。

すると、ようやくルカ君のむちむちの手から抜け出すことができた小竜神が、私の肩に慌てて避難してきた。

『一年が過ぎても、ひとしずくさえ雨は空から落ちてはきませんでした』

『大地は乾き、草木は枯れ、人も動物もばったばったと倒れていきます』

『いよいよ困った領主は、竜の神様に生贄を捧げて雨乞いをすることに決めました』

揺りかごの中ですやすやと眠るルカ君を見下ろし、人形達が子守唄を歌うように語るのは、シャルベリ辺境伯領で語り継がれる昔話であるという。

『生贄に選ばれたのは、領主の一番下の娘です。領主はその娘を目の中に入れても痛くないほど可愛く思っておりましたが、民のため、身を切る思いで彼女を捧げました』

『竜の神様がぱくりと口に咥えて天に昇れば、鋭い牙が突き立った娘の身体から赤い雨が流れ落ち、乾いた大地をしとどに濡らします』

『我が子を失う悲しみに、領主の目から溢れたしずくもほとほとと大地に零れ落ちました』

少女のように愛らしい声が、淡々と残酷な物語を紡ぐ。

『『『雨は三日三晩降り続け、その間領主の涙も止まることがありませんでした』』』

シャルベリの大地に乙女達の血が降り注いだことも、それを悲しむ父親の涙が零れたことも、伝説ではなく実際にあった話である。

それを、犠牲になった乙女達の名を持ち、しかも現実に涙を流した父親が作らせた人形達が語るとは……

「さすがに、身につまされるものがあるなぁ」

執務机に頬杖をついてそう呟いた閣下の言葉に、私は同意せずにはいられなかった。

竜神にその身を捧げたのは、各時代のシャルベリ領主の娘達である。

世が世なら、シャルベリ辺境伯となった閣下も——そして、いまやその妻となった私も、自分達の間に娘が生まれていれば犠牲にするよう迫られていたかもしれないと思うと、決して他人事ではなかった。

もっと他人事ではないのは、娘達を食らった張本人である竜神——の石像の化身である小竜神だ。

そのせいか、小竜神は生贄の乙女の名を持つ人形達を前にすると決まって、ばつが悪そうに、あるいは申し訳なさそうにしている。今も居たたまれない様子で、私の髪の中に潜り込んでしまった。

最初に遭遇した時には、私や犬のロイの目には映るものの会話はできなかった小竜神。

その後、私の翼を食べてバケモノに成り果てたミゲル殿下の犬を竜神が一呑みにしたのをきっかけに、閣下やお義父様といったシャルベリ家の血を引く人間からの目視と念話が可能になった。

さらには、閣下の甥エドワード・オルコットお気に入りのぬいぐるみ、首長竜のアーシャに憑依することで、少佐やお義母様といったシャルベリ家の血を引く人間以外とも意思の疎通ができるように。

それは、時を同じくして発現したシャルロッテ、シャルロッタ、シャルロットの生贄の乙女の名を持つ人形達も同様であった。

そんな人形達は、生贄を食らった過去を悔やんでいるかのような小竜神を見ると、いつも鼻で笑う。

そうして、自分達は名の由来である生贄達そのものではないけれど、と前置きしてから、決まってこう続けるのだ。

『シャルロッテもシャルロッタもシャルロットも、竜神に対して遺恨なんかないわ』

『あの時代にシャルベリ領主の娘として生を受けた責任を果たした、ただそれだけのことよ』

『納得して生贄になったんですもの。それなのに、食い殺した側が勝手に罪悪感に苛《さいな》まれているなんて、おかしな話ね』

最初はケダモノでしかなかった存在が、生贄を食らうことでいつしか心を得て、ついには神となった。

心を得てしまった竜神は、それまで自分が食い殺してきた生贄の乙女達の無念に思いを馳せたのだろう。

人形達を生贄の乙女達に重ねて作ったのは、娘を犠牲にせざるを得なかったある時代の領主の後悔と悲しみ。

そして、今の人形達をシャルロッテ、シャルロッタ、シャルロットたらしめているのは、竜神の中に根強く残る罪悪感であるという。

ともあれ、シャルベリ辺境伯領の人々が竜神に生贄を捧げなければ水を確保できなかったのは、もうずっと過去の話。

現在では山脈にトンネルを掘って人工河川を通し、北側から水を引いて南側を経由し海に流すようになっているため、貯水湖の水量は一定を保っている。

そんなシャルベリ辺境伯領の命綱とも言える貯水湖において、年に一度開かれるのが竜神祭だ。

一月後《ひとつき》に迫ったその祭りの目玉は、貯水湖の中央にある竜神の神殿に生贄に見立てた女性を置き、それを迎えに行くという体《てい》で有志の男性達が湖岸から一斉に泳いで神殿を目指す、という催しである。

生贄の乙女役は、二十歳未満の未婚の女性が務めることになっており、アーマー中佐の話では今年は彼女の末妹が選ばれているらしい。

「しかし、もう竜神祭の時期か。今年も警備に大勢人員を割かないとなぁ」

「毎年、湖に飛び込んで溺れる酔っぱらいが続出するんですよねぇ。困ったものです」

閣下と少佐が肩を竦めるのも無理はない。もはや犠牲になった生贄の乙女達を慰めるためという名目の、娯楽の祭典に成り果てている。

当初は一番に神殿に辿り着いた者には幸運が訪れるという福を呼ぶ祭りだったのだが、乙女役が年頃なこともあって、いつの間にか優勝者は乙女役に交際を申し込めるというのが暗黙の了解になっているそうだ。

それを聞いた私は、まさか、とおそるおそる尋ねる。

「優勝者に交際を申し込まれたら乙女役は必ず受け入れないといけない、なんてことはないですよね？」

「そんなことはない……はずなんだが。これまでを振り返ると、実際結構な確率で乙女役と優勝者がくっついているんだよなぁ」

「まあ、祭の最中ですから観衆はだいたい酒が入ってますしね。そういう連中に煽られて、その気がなくても一回はデートさせられるって話ですよ」

お義母様が贔屓《ひいき》にしているメイデン焼き菓子店の店主バニラさんも一昨年乙女役を務め、その際の優勝者は現在彼女の夫となっているラルフさんだったらしい。

彼らのように、竜神祭をきっかけに恋人や夫婦となる者達も多いという。

ここでふと、少佐が悪戯《いたずら》っぽい笑みを浮かべて閣下に話を振った。

「閣下、もしもパトリシア様が乙女役を務めることにでもなったらどうします？」

「そんなもん、私も出場してぶっちぎりで優勝するに決まっているだろうが！　そもそも、だ！竜神祭の乙女役は未婚と決まっているだろう⁉　パティはすでに、私の可愛い可愛い奥さんだから！　乙女役なんて、絶っっっ対！　許さないからなっ‼」

「はいはいはいはい、分かりました分かりましたから。もー、大きな声出さないでもらえます？ルカが起きちゃうでしょ」

「お前が縁起でもないことを言うからだろうがっ‼」

とたんに、ふえぇっ、とルカ君の泣き声が上がり、閣下と少佐が慌ててお互いの口を塞ぐ。

私はぐずり始めたルカ君を揺りかごから抱き上げると、おしゃべりな男性陣に向けて精一杯怖い顔を作って見せた。

「閣下も少佐も、お静かに。しー、ですよ！」

「ほら見ろ。モリスのせいでパティに怒られてしまったじゃないか」

「いや、怒られて嬉しそうな顔してんじゃないですよ」

そんな時である。

「――パティ。パティはここにいるか」

「――は、はい！」

ドンドン、と慌ただしいノックの音に続いて扉の向こうから掛かった声に、私は反射的に返事をする。

それに驚いたルカ君がますます泣き出すのと、部屋の主である閣下の返事も待たずに扉が開いたのは同時だった。

空になった揺りかごを占領して遊んでいたシャルロッテとシャルロッタとシャルロットが、慌てでもの言わぬ人形と化す。

ところが現れたのは、そんな人形達の事情も小竜神の存在も承知している人物――シャルベリ辺境伯位を閣下に譲って悠々自適の隠居生活を満喫しているお義父様だった。

ルカ君の泣き声を聞いて、しまった、という顔をしたお義父様だったが、私を見つけるなり一直線に駆け寄ってくる。

「パティ、たった今王都から——メテオリット家から速達が届いたんだ。早く、開けてみなさい」

「あっ……は、はいっ！」

お義父様が差し出した封書を目にしたとたん、私の心臓はドキリと大きく一つ高鳴った。

私が閣下との縁談のために初めてシャルベリ辺境伯領を訪れた頃に妊娠三ヶ月と判明した姉——メテオリット家の現当主であるマチルダ・メテオリットは、すでに臨月を迎えている。

いつ出産の知らせが届くかも知れない、と私が毎日ドキドキしながら手紙を待っているのを知っていたお義父様は、シャルベリ辺境伯邸の方に配達された速達を急いで届けてくれたのだ。

差出人は姉の夫——王弟であり、王国軍参謀長を務めるリアム殿下。

私は何とか泣き止《や》んだルカ君を少佐に返すと、代わりに閣下に手渡されたペーパーナイフを握り締め、緊張で震える手で封を開く。

そうして——

「う、生まれました！　姉の赤ちゃん！　元気な男の子だそうです！」

堪《こら》え切れずに叫んでしまった私のせいで、またもやルカ君の泣き声が軍司令官執務室に響き渡った。

「あわわ……ルカ君、ごめん。ごめんね……」

「お気になさらず、パトリシア様。それより、おめでとうございます。甥っ子さんに会うのが楽しみですね」

「はい！　早く会って、抱っこしたいです……っ！」

「あはは、パトリシア様はもう赤ちゃんのお世話も御手のものですもんねー」

手紙を抱き締めてソワソワする私に、少佐が手慣れた様子でルカ君をあやしながら微笑ましげな顔をする。

ルカ君のことが可愛いのはもちろんだが、大好きな姉が産んだ甥にも、一刻も早く会いたくてたまらなかった。

リアム殿下——兄様の手紙によると、一昨々日《さきおととい》の早朝に産気付いてからまる二日を要する難産だったらしい。

いろいろ大変ではあったが、とにかく母子ともに元気であるとのこと。

そんな手紙を何度も読み返しているうちに、私は居ても立ってもいられなくなった。

今すぐにでも汽車に飛び乗って——いや、いっそ子竜になって、自分の翼で飛んでいってしまおうか。

かつては、ちんちくりんな子竜の自分が嫌で仕方がなかったはずの私がそんな衝動を覚えるまでになったのは、偏《ひとえ》に閣下がどんな〝パティ〟でも肯定して愛してくれたからだ。

「おめでとう、パティ。ほっとしたね」

今もまた、閣下の優しい声が私に祝福をくれる。

それに、はいっと弾む声で返事をしようとして——私は、ふと我に返った。

「あ……」

閣下の執務机に堆《うずたか》く積まれた書類の山を目にしてしまったからである。

さらに、ふええっ、と少佐の腕の中からルカ君のぐずる声が聞こえ、今にも王都に向けて飛び立とうとしていた私の心の翼はへなへなと力を失ってしまった。

シャルベリ辺境伯と辺境伯軍司令官を兼任する閣下の日常は多忙を極めている。

その副官である少佐も然《しか》りで、彼の息子ルカ君には面倒を見る人間が必要だった。

そして、私は閣下の妻であり、ルカ君のお守《も》り要員でもある。

加えて、シャルベリ辺境伯夫人としてまだまだ学ばなければならないことが多く、そう易々《やすやす》と実家に戻っている暇などあろうものか。

パトリシア・シャルベリとなった私が優先すべきは、もはや王都のメテオリット家ではなくシャルベリ辺境伯領なのだ。

そう思い至った私が逸《はや》る気持ちをぐっと抑え込み、冷静なふりをして「とりあえず、お祝いの手紙を……」と口にしたのと同時だった。

閣下が、パンッと両手を打ち鳴らしてこう言ったのは。

「――こうしちゃいられない」

彼はボキボキと指を鳴らしたかと思ったら、ペンとインクを引き寄せ、書類に目を落としながら続けた。

「さて、真価を見せる時が来たぞ。私はやればできる男なんだ。そうだろう、モリス？」

「はいはい、そっすね」

「書類の処理と留守中の仕事の引き継ぎは夕方までに済ませる。お前は今日の王都行き最終汽車の席を確保してくれ。私と、パティの分だ」

「御意――と、言いたいところですが。閣下、私という優秀な補佐官をお忘れではありませんか？席は、私の分を含めて三つ確保してまいりますから」

そんな少佐の言葉に、私はもとより閣下まで目を丸くする。

「いやお前、子供はどうするんだ。さすがに、奥方に負担をかけるようなことになるとパティが気に病む。今回ばかりは私とパティだけで……」

「実は先日母を味方に引き込んだので、数日ならルカを預けられそうなんです。それに、いつまでも父と仲違《なかたが》いしているわけにもいきませんしね。そういうわけなのでご隠居、うちの頭の固い父に一発ガツンと説教かましてやっていただけませんか？」

「そうだな。あいつもせっかくできた孫と触れ合えぬのは本意ではなかろうよ。任された」

少佐の父親であるトロイア卿はお義父様の幼馴染《おさななじみ》であるという。

いつの間にか、ルカ君は少佐の腕からお義父様の腕に移っていた。

現役時代は我が子もろくに抱っこする暇がなかったらしいお義父様だが、ルカ君に顎髭《あごひげ》を掴まれて眦《まなじり》を緩める様《さま》はまさしく好々爺《こうこうや》といった風情だ。

「ほらほら、パティ。そんなところで惚《ほう》けてないで……いや、惚けているパティもめちゃくちゃ可愛いが、とりあえず荷造りをしておいで。それから母さんを捕まえて、姉君《あねぎみ》ご夫妻へのお祝いの品を見繕っておいてもらえると助かるんだが？」

『あら、お祝いの品なら私達も一緒に選んであげるわよ』

『私達、長くこの世にいるから目が肥えているの』

『女の子だったら、断然私達をお勧めするんだけどねぇ』

お祝いの品と聞いて、ただの人形のふりをやめたシャルロッテ、シャルロッタ、シャルロットが俄然《がぜん》張り切り出す。

ぺちゃくちゃと喋《しゃべ》りながら抱っこをせがんできた人形達を一纏めに抱えたものの、私はいまだ戸惑いを隠せなかった。

隠れていた髪の中から出てきた掌大の子竜のぬいぐるみ——小竜神と、思わず顔を見合わせる。

すると、閣下が優しく目を細めて諭すように言った。

「あのね、パティ。覚えておいてほしい。私は、私の妻となったことで君に何一つ喜びを我慢させるつもりなんてないよ」

「閣下……」

「それに、パティの喜びは私の喜びでもある。一緒に、可愛い甥っ子ちゃんを思いっきり愛《め》でに行こうじゃないか」

「……っ、はいっ！」

閣下の言葉が嬉しくて嬉しくて、私は人形達をぎゅうと抱き締めると、小走りに扉へと向かう。

そうして、扉を開ける前に閣下を振り返り、満面の笑みを浮かべて口を開いた。

「閣下、ありがとうございます！」

とたん、閣下が「はうっ！」と鳴いたかと思ったら、再び両手で顔を覆って天を仰いだ。

「パティ……とおとい……っ！　守りたい、その笑顔っ‼」

そんなこんなで、姉出産の知らせが届いたその日の最終汽車に乗り、私は一路王都へと向かうことになる。

閣下と少佐と、それからロイと小竜神も一緒に。

そうして、おおよそ半年ぶりに戻った生家は――


「えええええ……⁉」

またもや半壊していた。

第二章　王位継承権第一位の赤子

メテオリット家は三階建てで、最上階の南向きの角部屋が代々当主の部屋となっている。

王都の駅から馬車に乗り換え、おおよそ半時間。

私と閣下と少佐、そしてロイと小竜神が到着した時、その姉夫婦の部屋は、特にひどい有り様だった。

まるで大砲でも撃ち込まれたのかと思うほど、大きな穴の開いた窓。

へしゃげた扉に、崩れ落ちた壁。

半年前――ハリス国王陛下の戴冠式のために私達が王都を訪れた折にもリビングや姉夫婦の部屋は壊れていたが、大工を生業《なりわい》とする長兄によってすぐさま修繕されたはずだったのに。

「どうして、こんなことに……？」

「――パティ、危ない」

辛うじて蝶番《ちょうつがい》で引っかかっていた扉が、ついに力尽きたように外れて倒れてくる。

とっさに閣下の腕の中に庇《かば》われて事無きを得たが、それにしても目の前の惨状には戸惑うばかりであった。

メテオリット家に到着して最初に出くわしたのは、大工道具を抱えた作業中の長兄だった。

長兄は、私達が先触れもないまま訪ねてきたことに驚いた様子だったが、すぐさま光明を得たりという顔をしたかと思ったら、挨拶もそこそこに三階まで引っ張ってきたのだ。

そんな姉夫婦の部屋の隅には、窓から差し込む日の光を避けるようにして、こんもりと大きくて黒い影が丸まっていた。

私はゴクリと唾を呑み込んでから、おそるおそる影に向かって声をかける。

「お、お姉ちゃん……？」

『……パティ？』

のそりと顔を上げたのは漆黒のビロードを纏ったような美しい竜——私の姉、マチルダ・メテオリットだった。

「おや、パティ。シャルロ殿も。よく来てくれたね」

一方、部屋の惨状に不釣り合いな満面の笑みを浮かべて私達を歓迎してくれたのは、姉の夫であるアレニウス王国軍の参謀長リアム殿下——兄様だ。

私は閣下と顔を見合わせてから、兄様に向き直った。

「兄様、これ……一体何があったんですか？」

「いやなに、お産が長引いてね。混乱と恐慌を極めたマチルダが竜化して、一暴れしたんだよ」

「えええっ……あ、兄様、お怪我は……？」

「ふふ、心配してくれてありがとう。大丈夫、もう治ったよ」

兄様は、怪我はない、とは答えなかった。

始祖の再来と謳《うた》われる姉の眷属《けんぞく》となったおかげで、傷の治りこそ竜の先祖返り並みに早いものの、陣痛に苦しみ暴れる姉を押さえるのに無傷ではいられなかったのだろう。

それでもこうやって何事もなかったかのように振る舞える兄様の器の大きさには、私は改めて頭が下がる思いだった。

白い軍服を纏った彼の腕には、同じく真っ白いおくるみに包まれた小さな命が抱かれている。

生まれて間もない、姉と兄様の赤ちゃんだ。

丸い頭にまばらに生えた髪も長い睫毛《まつげ》も、兄様譲りの銀色である。今は閉ざされている瞼の下の瞳は、どんな色をしているのだろうか。

私は今すぐにでも甥っ子を抱き締めたい衝動に駆られたが、ふと、閣下が口にしたことで我に返った。

「それで、殿下。姉君はどうして竜の姿のままでいらっしゃるのでしょうか？」

「そう、それなんだけど。実はマチルダ、人間に戻れなくなったらしいんだよね」

「えっ!?　も、戻れない!?」

兄様の言葉にぎょっとした私は、再び閣下と顔を見合わせる。

私や姉のようなメテオリット家の先祖返り達が竜の姿になるのは生存本能によるものだ。

命の危険を覚えると危機回避能力が働くために、人間と比べてより頑丈で強靭な竜になるのである。

しかしながら、姉のような優秀な先祖返りは精神力が強く、自分自身をコントロールすることで、人間にも竜にも自在に変化することができる。

著《いちじる》しく心が乱れている時などはこの限りではないが、そういう場合は真実好いた相手——姉の場合は兄様とキスすることで心拍数を落ち着かせて人間の姿に戻ることができる、はずだった。

ところが……

「今回ばかりは、私がキスをしてもだめだった。どうやら、出産時の興奮がいまだ収まらないらしく、心拍数が上昇したまま下りてこないみたいだ」

「そ、そんな……どうしたら……」

部屋の隅に丸まってズーンと落ち込む姉とほとほと困った様子の兄様、それから兄様の腕の中ですやすや眠る甥っ子を見比べて、私はひたすらおろおろとする。

そんな中でふいに頭の中に響いてきたのは、姉のものとは思えないほど弱々しい声だった。

『こんな姿じゃ、赤ちゃんにお乳もあげられない……』

出産中に竜化してしまった姉の代わりに、ちょうど子供が乳離《ちばな》れしたばかりだったメイドの一人が乳母《うば》役を務めてくれているらしい。

とはいえ、赤ちゃんにとって大切な成分の入った初乳は、いまだ与えられていない。

それに苦悩する姉の気持ちは、出産経験のない私でも痛いほど分かった。

『こんな尖った爪では……きっと、赤ちゃんを傷付けてしまう……』

鋭い鉤爪を備えた両の手を見下ろし、姉が絶望したように呟く。

落ちこぼれ子竜の私から見れば羨ましいばかりの立派な竜の身体も、今の彼女にとっては忌まわしいものなのだろう。

『わたし……わたし、おかあさん失格だわ……！』

「お姉ちゃん！」

ついには、金色の瞳からぽとぽとと涙を零す姉を目の当たりにし、私は居ても立ってもいられなくなる。

私は閣下の腕の中から抜け出して姉の側に駆け寄ると、その竜の身体にしがみついて叫んだ。

「大丈夫！　お姉ちゃんは、竜になったって私のことを一度だって傷付けたことないじゃない！」

『で、でも……でもぉ……』

「竜でも人間でも、お姉ちゃんは私のお姉ちゃんだよ！　赤ちゃんにとって、お姉ちゃんがたった一人のお母さんだよっ‼」

『パ、パティ〜〜〜‼』

たちまち私を抱き返した姉が、わんわんと泣き始める。

姉の感情の昂《たかぶ》りは衝撃波となって、屋敷全体をビリビリと震わせた。

大きく穴を開けていた窓ガラスの残骸が、パリン、パリンと音を立てて砕け散り、その破片が私と姉の上に降り注ぐ。

幸い、すかさず駆け寄ってきた閣下が外套を広げて防いでくれたおかげで、傷一つ負わなかった。

私はほっとすると、赤ちゃんを抱いた兄様を呼ぶ。

「兄様、赤ちゃんをお預かりしてもいいですか？」

「もちろんだよ」

初めて抱っこした甥は、柔らかくて温かくて、それこそ真綿のように軽かった。

ぐっと胸に突き上げるようなこの愛おしさを、彼を産んだ姉にも一刻も早く味わわせてやりたい。

その一心で甥を左腕で抱えると、右手で姉の竜の手を掴んだ。

とたんに、びくりと震えて引っ込もうとするそれを、私は必死に離すまいとする。

そうして、怯えたみたいに揺れる金色の瞳を見据えて言った。

「ほら、お姉ちゃん、大丈夫。怖くないよ。私と一緒に抱っこしよう？」

『うう……ぱてぃ……』

先ほどガラスの破片から私達を庇ってくれた閣下は、情緒不安定になっている姉を刺激しないためか、一歩後ろに引いて成り行きを見守っている。

その優しい眼差しに背中を押されるようにして、私は緊張して強張《こわば》る姉の竜の腕に、そっと赤ちゃんを抱かせた。

本能的に母親の気配が分かるのだろうか。それまでじっとしていた甥が、小さな手をむずむずと動かし始める。

「ふふ、可愛い。すごく可愛いねぇ、お姉ちゃん」

『う、うん……うんっ』

「ねえ、見て。お母さんに抱っこしてもらって、赤ちゃんも嬉しそう」

『うんっ……!!』

姉の金色の瞳から、再びぼろぼろと涙が零れ出す。

けれどもそれは、さっきみたいな悲しみの涙ではなく、喜びの涙だった。

なおもむずむずと動いていた甥の小さな手が、ふいに姉の竜の指をきゅっと握り締める。

その時だった。

「……あっはは……もー、おチビのくせに力強いなぁ」

姉の竜の輪郭がみるみるうちに解け、あっさりと人間の姿に戻ったのである。

「思い出した。生まれたばかりのパティもこんな感じだったわ。懐かしい……」

「お姉ちゃん！　よかった……!!」

出産後二日経ってようやく我が子を抱っこできた姉は、人間の姿に戻ってもまだぼろぼろと涙を

零していた。

そんな姉の素肌に、兄様はすぐさま脱いだ軍服の上着を羽織らせる。

そうして無言のまま、赤ちゃんごときゅっと姉を抱き締めた。

出産という大仕事を乗り越えた夫婦の間に、言葉はいらなかった。

せっかくの水入らずを邪魔すまいと、私はそっと彼らから距離をとる。

その時ふと、これまでずっと一緒にいた姉一家の輪から抜け出たことに、かすかに寂しさを覚えるも……

「おいで。パティは、こっちだよ」

すかさず閣下が両腕の中に包み込んでくれたおかげで、そんなものは一瞬で霧散した。

自分は本当にお嫁に行ったんだなあと、改めて感じた瞬間だった。

「めでたしめでたし、ですよね？　それじゃあ、言っちゃっていいですよね？」

「わんっ！」

「ご出産おめでとうございますー!!」

「わわんっ!!」

しんみりとした空気の中、少佐の声と合いの手を入れるようなロイの吠え声が明るく響く。

とたんに、半壊した室内がどっと笑いに包まれた。

トントントン、トントントントントン。

長兄が愛用のハンマーを打ち付ける音が響いている。

姉が無事竜から人間の姿に戻ったため、早速屋敷の修繕が始まったのだ。

姉に家を壊される度に決まって恨み言や泣き言を言う長兄だが、今回ばかりは心無しかハンマーの音も軽やかだった。

その律動に合わせて、私も肩に凭れかけさせた赤子の小さな背中を指先でそっとトントンする。

「けぷ」

「ふふっ」

やがて耳元で聞こえた小さなゲップに、頬がゆるゆるになるのはどうにも抑えようがなかった。

生後二日目にしてようやく母親の初乳にありついた赤子は、男の子である。

メテオリットの竜の血は女にしか遺伝しないため、彼に竜の先祖返りの兆候は見当たらない。

生後半年のルカ君と比べても、新生児の甥っ子はあまりにも小さく頼りなく見え、ますます庇護欲が掻き立てられた。

兄様譲りの銀色の髪に頬を寄せれば、ミルクみたいな、あるいはおひさまみたいな、とにかくとてもよい匂いがする。

「かわいい……」

えも言われぬ愛おしさを覚えた私は、はあと感嘆のため息を吐いた。

そうして、お腹がいっぱいになってうとうとし始めた甥をそっと抱き締める。

そんな私の両側では――

「「――とおとい」」

閣下と姉が、両手で顔を覆って天を仰いでいた。

二人とも、何だか少しばかり口調が怪しい。

「可愛い新生児と可愛いパティのこの親和性……これはもう、後世に語り継ぐべき尊さだと思わない!?」

「激しく同意します。瞬きする間も惜しんでずっと見ていたい……」

「ちょっと、リアム！　ぼうっとしてないで、今すぐ絵描きを呼んでちょうだい！　この光景を絵に残して我が家の家宝にするわ!!」

「すみません。うちに飾る分も一枚お願いします」

相も変わらず、私に関することではいとも容易《たやす》く意気投合する閣下と姉。

一方、少佐と兄様も、まるで示し合わせたように同時に肩を竦めて声をかぶらせた。

「「ぶれないな、この人達……」」

半壊した姉夫婦の部屋から一階のリビングに場所を移し、私は改めて甥の誕生を祝福した。

お義母様や人形達と相談して選んだ出産祝いは、実用性を重視したスタイと、赤ちゃんが一生食べ物に困らないようにという願い、あるいは魔除けの意味も込めた銀のスプーン。

それから一番喜ばれたのは、姉の妊娠が判明してからの半年余り、お義母様に教わりつつ私がこつこつ編んできた赤ちゃん用の靴である。

甥が人生で最初に履くのが自分が手作りした靴だと思うと、感慨深いものがあった。

「産声を聞いてすぐにパティに手紙を送ってしまったものだから、まさかマチルダがあんなことになるとは思っていなくてね。いやはや、パティが来てくれて本当に助かったよ」

「閣下がすぐに行こうって言ってくださったんですよ、兄様。私一人では、こんなに早く来られませんでしたもの」

身内の出産の知らせが届いたその日のうちに生家に向かって発つなんて、すでに嫁いだ身では難しいことだ。

曲がりなりにも領主の妻となったからには相応の責任があり、私情にかまけて公益を疎《おろそ》かにするようなことがあってはならない。

それに、辺境伯と軍司令官を兼任する閣下の毎日がどれほど多忙であるのかは嫌というほど知っているから、私個人の都合で予定外の時間を取らせてしまうことも心苦しくてならなかった。

私が言外に滲ませたそんな思いを、兄様はちゃんと汲み取ってくれたらしい。

閣下の右手を取って、固く握手を交わした。

「パティを連れてきてくれてありがとう、シャルロ殿。久しぶりに妹の元気な姿を見せてもらえて、私もマチルダも嬉しいよ」

「恐れ入ります、殿下。私の方こそ、喜ばしい場面に立ち会わせていただけて光栄に存じますし――何より、パティの尊い姿を見られたのですから、我が人生に悔いなしです」

「うーん、その潔さ……いつものことながら感心するなぁ」

「お誉めにあずかり光栄です」

そんな和やかな閣下と兄様のやり取りに、私がほっとした時である。

ふいに横から伸びてきた姉の手が、小さい子にするように私の髪を撫でた。

「ねえ、パティ。大丈夫?」

「え? えっと、何が……?」

「あなた真面目だから、シャルベリ辺境伯夫人という立場に気負いすぎていないか心配だわ」

「……っ」

姉の言葉に、私はドキリとする。

メテオリット家は爵位こそ持たないものの、アレニウス王家の末席に連なる家系である。そんな家の娘としてそれ相応の教育を施されてきた私には、形ばかりであれば領主の妻として振る舞えるだけの自信はある。

ただ、社交界での経験は姉より圧倒的に少ないし、王都とシャルベリ辺境伯領の習慣の違いに戸惑うことも多々あった。

シャルベリ領主の娘として生まれた責任を果たすため、我が身さえも竜神に捧げたという乙女達に比べれば、まだまだ自分の置かれた立場に覚悟が持てていない。

また、少佐夫妻の間にルカ君が生まれ、姉夫婦の間にも子供が生まれたことを喜ばしく思う一方で、早く自分と閣下の間にも……と、考えずにはいられなかった。爵位が世襲制の社会において、世継ぎの存在は必須だからだ。

私の中に芽生えたそんな焦りに、姉は目敏《めざと》く気付いたようだ。

「領主の妻として求められることは多いかもしれないけど、いきなり全部に応《こた》えるなんて無理な話よ。ちゃんと、閣下や義理のご両親を頼らなきゃだめだからね？　一人で背負い込んじゃだめよ？」

「うん、分かってる。大丈夫だよ」

「本当にー？　あなたすぐ卑屈になっちゃうから、お姉ちゃん心配だなー」

「うっ……大丈夫だってば」

昔から姉は私のことなら何でもお見通しで、隠し事などできた試しがない。

けれど、赤ちゃんを産んだばかりの彼女に余計な心配をかけたくなくて、私は自分に言い聞かせるように「大丈夫」と繰り返した。

そんな中、とある人物がメテオリット家の門を叩く。

家令に案内されてリビングに現れたその人は、カツカツと軍靴《ぐんか》を鳴らして姉夫婦の前までやってきたと思ったら、挨拶も何もかもすっ飛ばして言い放った。

「――気の立った母竜が、ようやく人間に戻ったと聞いてな。兄弟を代表して祝福しに来たぞ」

その身に纏った真っ白い軍服は、アレニウス王国軍では高官の証《あかし》。

しかも彼――ライツ殿下は、兄様ことリアム殿下のすぐ上の兄であり、王国軍の最高位である大将の地位にあった。

母親譲りの銀髪で優しげな雰囲気の兄様と、父親譲りの金髪で厳しそうな顔付きのライツ殿下は、あまり似ていない。

とはいえ、父王の時代に腐敗した祖国を立て直そうとする長兄を、力を合わせて支えようとする彼らの絆は強く、アレニウス王家の兄弟仲はすこぶる良好であった。

しかしながら……

「ねえ、ライツ。私が竜になってたことも、人間に戻ったことも……あんた、いったい誰から聞いたっていうのよ」

「この家から飛んできた小鳥が、気まぐれに俺の耳に囁いていっただけさ」

「うちに間者でも忍びこませてるわけ？　炙《あぶ》り出して八つ裂きにしてもいい？」

「ははは……マチルダが言うと全然冗談に聞こえないなぁ」

前政権で汚職に手を染めた連中の残党はまだまだ各所で暗躍を続けており、新政権も安定したとは言い難《がた》い。

そのため、メテオリット家だけではなく、主要な家にはライツ殿下直属の課報部員が潜入しているのも、もはや暗黙の了解となっていた。

じとりと睨み据える姉から逃げるように視線を逸らしたライツ殿下は、揺りかごで眠る赤子に目を留める。

そうして、疎《まば》らな銀髪をくすぐるように指先で梳《す》いてから、兄様の肩をポンと叩いて言った。

「おめでとう、リアム。王位継承権第一位の赤子の誕生、俺も兄上も喜ばしく思うぞ」

「ライツ兄上……」

とたんに、兄様が渋い顔をする。

しかしながら、ライツ殿下の言葉は何も的外れなことではなかった。

というのも、長兄である国王陛下はまだ独身で、世継ぎとなる子供が存在しないのだ。

この場合、本来であれば王位継承権第一位となるのはすぐ下の弟であるライツ殿下だが、彼は陛下に忠誠を誓うと同時に王位継承権を放棄してしまっていたし、こちらも未婚で子供はいない。

さらに、姉と結婚する際にメテオリット家に婿入りした兄様にもすでに王位を継ぐ権利はなく、数年前に友好国に嫁いだ王女殿下——兄弟の上から三番目で、兄様のすぐ上の姉——も然り。

王女殿下には子供がいるものの、異国で生まれた者はアレニウス王家の人間として数えられないことになっていた。

私と同い年の末弟ミゲル殿下は、表向きは隠居する前国王夫妻の願いで一緒に離島に移住したことになっているが、実際はシャルベリ辺境伯領を襲撃した罪により流刑に相当する扱いになっているため、当然王位継承権は剥奪されている。

前国王の弟である宰相もまた早々に王位争いを放棄しており、結果、現在最も玉座に近いのは陛下の弟の子――生まれたばかりの姉夫婦の赤ちゃんということになるわけだ。

それが、姉夫婦、あるいは赤ちゃん本人の望むと望まざるとにかかわらず、である。

初代国王の末王子と竜の間に生まれた子供から始まり、ずっと王家の末席にぶら下がっていただけのメテオリット家――陛下をして、あろうとなかろうと困らないとまで言わしめた一族から、暫定的とはいえ次期国王の候補が出るなんて、なんと皮肉なことか。

兄様にも思うところがあったのだろう。じとりとライツ殿下を睨んで言った。

「うちの子を権力争いに巻き込まないでいただきたい」

「王家の血を引く限りは致し方あるまい。まあ、王位継承権を行使するも放棄するも、その子が成人したら自分で決めればいいことだ。そのうち陛下が結婚して王子なり王女なりが生まれるかもしれんしな」

「ライツ兄上がとっとと結婚して子供を持つ、というのも手ですよ」

「俺か？　俺はなぁ……」

どうやらライツ殿下は、結婚することにも父親になることにも乗り気ではなさそうだ。

兄様の提案に今度は彼の方が渋い顔をする番であったが、ふと私と目が合ったとたん、ニヤリと人の悪い笑みを浮かべる。

そうして、これ見よがしに胸を押さえて宣《のたま》った。

「パトリシアに袖にされてできた心の傷がまだ癒えていなくてな。とてもじゃないが、結婚なんて考えられんなぁ」

「えっ⁉　み、身に覚えがありませんがっ⁉」

「しかし、そうだな……パトリシアみたいな子竜の子供だったら、持ってみてもいいかもしれない」

「ええええ、えっとぉ……」

思ってもみないライツ殿下の言葉に、私はただただぎょっとする。

確かに以前、閣下の長姉カミラ様が嫁いだオルコット家に関わる騒動の最中で、ライツ殿下が自分のもとに来ないかと子竜姿の私を誘ったことはあった。

とはいえ、すでに私と婚約を交わしていた閣下が拒否してくれたし、そもそも冷やかし半分の悪ふざけに過ぎないと思っていたのだ。

だからもちろん、今の発言だってただの冗談だと思うのだが……

「ライツ殿下――馬に蹴られるのと私に蹴られるの、どちらをご所望ですか？」

さっと閣下に抱き寄せられたかと思ったら、そんな地を這うような声が頭上から降ってきた。

王弟、ましてや王国軍大将に対する不敬罪に問われても仕方がないような閣下の発言に、私はとたんに青くなる。

しかし、当のライツ殿下は小さく一つ肩を竦めただけで、幸い気を悪くした様子はなかった。

「どっちもご免だな。とてもじゃないが、無事では済まなさそうだ」

「左様でございますか。でしたら、滅多なことはおっしゃらない方がよろしいかと」

「……あんた、マチルダと気が合うだろう？」

「ははは、それはもう。パティのことに関しては特に」

こうして、閣下の腕の中で目を白黒させる私を置いてけぼりにして、茶番劇は幕を閉じた。

しかしながら、メテオリット家を訪れたライツ殿下の目的は、甥っ子の誕生祝いだけではなかったらしい。

「シャルベリ辺境伯夫妻には急な話ですまないが、城までご足労願おうか。兄が――国王陛下がお呼びだ」

ライツ殿下の密偵は、私や閣下が王都にやってきたことまで報告していたのだろう。

おかげで私達は思いがけず王城に招待されることとなった。

＊＊＊＊＊＊

半年前に即位した新国王陛下、ハリス・アレニウス。

その招待を受けた私と閣下、少佐とロイ、それから子竜のぬいぐるみに憑依して付いてきた小竜神は、先導するライツ殿下によって王宮の最奥にある国王の私室へ――しかも、寝室にまで通されてしまった。

歴代の国王が受け継いできたという寝室には、豪奢《ごうしゃ》な天蓋付きのベッドとは対照的に、こぢんまりとした木の机と椅子が置かれている。

その机の上に無造作に転がされているのは、子供の頭くらいの大きさの透明な黄褐色をした塊――琥珀《こはく》だ。

半年前の戴冠式と同時期、その琥珀を産出するアレニウス王国東部の森が、オルコット家から陛下に献上されていた。

かつてそこに住んでいた古代の竜――通称オルコットの竜の巨体が寿命を終えて木になるに伴い、血液が樹液になり、さらに時を経て石化したものが琥珀である。

とはいえ、オルコットの琥珀は年々産出量が減っていると聞いていたが、こんな大きなものもあったのか、と感心していると、ふいに強い視線を感じた。

ベッドの側の壁には、黄金の額縁に入った絵が飾られている。

描かれているのは、長い黒髪をした若い女性の、ちょうど等身大くらいの上半身だ。

驚くべきは、その絵の青い瞳がぱちくりと瞬いて――

『ごきげんよう、シャルベリの子』

「ひえ、しゃ、しゃべった……」

部屋の主である陛下よりも先に口を開いたことだった。

『あっらー！　ねえ、ちょっと！　その横のピンクの子が、ハリスの言ってた竜の子⁉　かぁわいいわねぇ!!』

「そうでしょうそうでしょう！　どなたか存じませんが、お目が高い！　こちらの可愛いパティは私の妻なんですよ!!」

「あーもー、閣下ー？　パトリシア様を褒められて嬉しいのは分かりますが、そうほいほい訳の分からない物体と意気投合するのはどうかと思いますよ？」

どことなく閣下の三人のお姉様達を彷彿とさせる絵の女性は、頭の中に直接響いてくる声でもって〝マーガレット〟と名乗った。

そしてそれは、絵のモデルとなった女性——五番目の生贄として竜神に捧げられたシャルベリ領主の娘の名前だという。

「何代か前の国王がシャルベリを訪れた際に譲り受けてから、ずっとここにこうして飾られていたらしいんだけどね。ある朝、突然しゃべり始めてさぁ……ちょうど、戴冠式の翌朝のことだよ」

そんな陛下の言葉に、私は閣下と顔を見合わせ、それからロイの背中に引っ付いている子竜のぬいぐるみ——小竜神を見た。

というのも、二、三、四番目の生贄の名を持つ人形達が動き出したのが、この小竜神が首長竜のぬいぐるみアーシャに憑依してシャルベリ辺境伯家に滞在したすぐ後のことだったからだ。

そして、半年前の戴冠式の折、閣下の甥であるエド君は晩餐会にこそ出席しなかったものの、後々聞いた話では従兄達《いとこ》に連れられて夜の王宮の庭を探検したらしい。小竜神が憑依した状態のアーシャを抱いたまま、である。

つまりは先の人形達と同様に、陛下の寝室に飾られた五番目の生贄マーガレットを名乗る絵も、その時に小竜神の影響を受けて話せるようになったのでは、と推測された。

『ハリスってば、この部屋には寝に帰ってくるだけで、本当につまらない男だわ！　ろくな話し相手にもなりやしない！』

「もうね、こんな感じでうるさくてうるさくて……。いっそ、壁から外して倉庫にでも放り込んでやろうかと思ったんだけど……」

『私を邪険にしてごらんなさい！　あなたが今まで言ってた恥ずかしい寝言、ぜーんぶしゃべっちゃうわよ！』

「やめてぇー」

マーガレットの容赦ない口撃《こうげき》に、陛下はほとほと困り果てている様子である。

心無しかやつれたように見える彼の横で、ライツ殿下が胡乱《うろん》な目でマーガレットを睨んだ。

「俺は、とっとと火に焼《く》べてしまえばいいと言ったんだがな」

『そんなことしたら、この城を道連れにしてやるわ！　私が描かれた年代よりも古いんだから、さぞかしよく燃えるでしょうね!!』

「……これが脅しで済む気がしなくて、手をこまねいている」

『ライツはハリス以上につまらないわねぇ。会話にまったく面白みがないわ』

散々な言われようである。

相手が絵では不敬罪に問うこともできず、国王陛下も王国軍大将閣下も形無《かたな》しだった。

そんな彼らのやり取りを、私はぽかんとして眺めていただけだったが、隣に立っていた閣下がふいにはっとした顔をする。

「もしや、この絵を引き取らせるために我々を御召しになったので？　いやいや、いやいやいやいや！　いかに陛下の命とはいえ、それだけはお断りします！　これ以上、小姑が増えてはたまりませんからね‼」

「さっき、即行意気投合していたくせにー。それに小姑って……君んち、お姉さん達は三人とも嫁いでシャルベリを出ているんじゃ……」

「そうなのです！　せっかく姉達から解放されて平穏な日々を送っていたというのに、最近新たな姉みたいなのが三人――いや三体、うちに居座ってやがるんです‼」

「んんんん？　えーっと、よく分からないけれど……どうやら君も大変みたいだね」

まるで閣下のお姉様達に生き写しのような人形達。

その所業を思い浮かべて頭を抱える閣下に、陛下とライツ殿下が顔を見合わせてため息を吐いた。

「シャルベリ家に引き取ってもらうのはどうやら難しそうだねぇ？」

「無理矢理押し付けてパトリシアにとばっちりでもいったら、マチルダが暴れかねんからな」

『ちょっと、人のこと厄介者扱いしないでちょうだい。傷付くでしょう。これまで見てきた歴代国王の痴態の数々を後世に語り継ぐわよ』

陛下やライツ殿下をつまらない男と扱《こ》き下ろしつつも、マーガレット本人はここから動く気はないらしい。

陛下はやれやれと肩を竦めると、代わりと言ってはなんだけど、と閣下に向かって続けた。

「一つ、頼まれてくれないかな。探してきてもらいたいものがあるんだよ」

「はて？　何でございましょうか？」

閣下の問いに答えたのは、陛下でもライツ殿下でもなかった。

『私と対で描かれた絵よ、シャルベリの子。前の前の国王が賭け事に負けて友人にあげてしまったの』

「なるほど。あなたと対で描かれたということは、そのもう一つの絵も元々はシャルベリにあったということですね。先々代のご友人というのは？」

今度の問いには、陛下が答えた。

「当時のサルヴェール家当主だよ。先々代とは乳兄弟らしくてね」

「サルヴェール家……たしか、ウィルソン侯爵家の傍系でしたでしょうか」

「そうそう。先々代が随分可愛がって、僻地ではあるけれど領地まで与えたみたいなんだ」

「それでは、お探しの絵は今もまだそのサルヴェール家が所有している可能性が高いということですね」

ウィルソン侯爵家は軍人を多く輩出する一族で、閣下のお姉様イザベラ様の夫である中尉は現当主の次男にあたる。

一方、その親戚にあたるサルヴェール家がアレニウス王家と懇意だったのはすでに過去の話で、現在その一族の中に王政に関わる者は誰もいないそうだ。

しかしながら、竜神の生贄がモデルであるマーガレットと対で描かれたということは、もしかして陛下が探しているという絵も……

そこまで考えてはっと顔を上げると、マーガレットの青い瞳と視線がかち合う。

彼女はにこりと私に笑いかけてから、懐かしそうに言った。

『あの子の名前はマーティナ――マーガレットの次に竜神に捧げられた、六番目の生贄がモデルになった絵よ』

「六番目の生贄……」

シャルベリではかつて七人の生贄が捧げられ、六人目までの生贄は竜神に食われて大地に血の雨を降らせ、七人目だけは生きたまま連れ去られたと言い伝えられている。

聞くところによると、五番目と六番目の生贄は捧げられた間隔が短く、マーガレットとマーティナは伯母と姪の関係にあったらしい。彼女達の絵を描かせたのは、姉と娘を竜神に食われたマーティナの父親だった。

『遠い地にひとりっきりで、きっとあの子が寂しがっているわ』

「というわけで、マーティナを連れ戻せってうるさくて眠れないんだよね。睡眠不足が続くとさすがに仕事に支障をきたしそうだから、頼まれてくれないかな。絵がしゃべるなんて話、あまり大っぴらにできないし」

「元はシャルベリにあったものですから、私としても無縁ではありませんしね……モリス、調整できるか？」

「ご随意に」

うっうっ、とわざとらしく泣き真似《まね》をするマーガレットに、陛下はうんざりした様子でため息を吐く。

閣下は頼まれごとを引き受けるつもりらしく、とたんに仕事用の顔になって、少佐と予定の擦り合わせを始めた。

私はというと、閣下が留守の間は彼の代わりにシャルベリ辺境伯領を守らねば、と秘かに意気込む。

姉には気負うなと言われたが、早く一人前の領主の妻にならなければという思いは募る一方だった。

そんな中、ふいにぽんと頭に掌が乗せられる。

それが陛下の仕業だと分かって戦《おのの》いていると、彼は私の頭をなでなでしながらにっこりとして言った。

「そうだ、パトリシアも一緒にサルヴェール家に行っておいでよ」

「えっ……？」

「おい、兄上！　そいつを巻き込むなと何度言えば……」

ライツ殿下が諌めるように声を上げ、頭を突き合せていた閣下と少佐もぎょっとした顔をする。

ところが、陛下はなおも私の頭を撫でながら思いも寄らぬ言葉を続けた。

「だって、パトリシアとも無縁な話じゃないよ。――何しろ、君達メテオリット家の祖先である竜が棲《す》んでいた洞窟は、そのサルヴェール家の領地にあるんだからね」

第三章　血の根源

アレニウス王国の王都は国土の北寄りにある。

一方シャルベリ辺境伯領は東寄りの南、メテオリット家の始祖たる竜が棲んでいたと言われる洞窟——現在サルヴェール家が治める土地に至っては南端に位置していた。

どちらも王都から見れば南の方角だが、向かうにはそれぞれ別の汽車に乗る必要がある。

というのも、シャルベリ辺境伯領とサルヴェール家がある南端の土地の間には固い岩盤に覆われた山脈が横たわっており、線路を通すことが難しいのだ。

馬車を使っても山脈を大きく迂回しなければならず、時間も費用も多分にかかってしまう。

一方、王都から西回りの路線ならば、サルヴェール家のある土地まで直通の汽車が出ていた。

そういうわけで、私と閣下と少佐、それからロイと小竜神は、シャルベリ辺境伯領に一度戻るのではなく、王都から直接サルヴェール家を訪ねることにしたのである。

「血の根源を辿る新婚旅行っていうのも、なかなか乙《おつ》なものだと思わない？」

とか何とか言いながら、目の下に隈《くま》を作った陛下に急かされるようにして王城を後にした私達は、姉夫婦への挨拶もそこそこに、その日のうちに汽車に飛び乗った。

一路南を目指す汽車の窓の外は、間もなく茜色《あかねいろ》に染まり始める。

用意周到なライツ殿下が手配してくれたのが一等車両の広い個室だったおかげで、ロイをケージや貨物室に入れずに済んだのは幸いだった。ちなみに小竜神は、ぬいぐるみのふりをしてちゃっかり私の鞄に入っている。

進行方向に向かって私と閣下が並んで座り、対面には少佐と、もう一人。この日初めて顔を合わせた人物が腰を下ろしていた。

「ボルト・ウィルソンと申します。シャルベリ辺境伯閣下のお噂《うわさ》はかねがね伺っておりましたので、お会いできて光栄です」

はきはきとそう述べて閣下に握手を求めてきたのは、明るい茶色の髪をした少年だった。

ウィルソンと名乗った通り、彼は閣下の姉イザベラ様が嫁いだウィルソン侯爵家の人間で、イザベラ様の夫の姉の一人息子。現在十七歳——私と同い年にしてすでに軍曹の地位にあるらしい。

とはいえ、閣下や少佐に比べて華奢《きゃしゃ》に見える身体に纏うのは、王国軍将校の制服である灰色の軍服ではなく、黒いズボンとジャケット、白いシャツといった無難な外出着だった。

それでも、堂々とした様子で閣下と握手を交わしたボルト軍曹は、灰色の瞳を私に向けてにこりと微笑む。

「奥様のこともよく存じ上げております。叔母が、熱心に語っておりましたので」

「ふむ、イザベラはなんと？」

「一家に一台欲しいくらいの愛くるしさ、だとか」

「ははは、お生憎様《あいにくさま》。うちのパティは唯一無二だ、と今度会ったら言ってやろう」

聞けばボルト軍曹は、ライツ殿下直属の部隊にいるとのこと。

そんな彼が、今回どうして私達のマーティナの絵探しに同行することになったかというと……

「十歳まではサルヴェール家におりましたので、少しくらいはお役に立てると思います」

「それは心強いね。頼りにさせてもらうよ」

彼の父親が、件《くだん》のサルヴェール家の当主を務めていた人物だったからである。

父親の不貞を理由に両親が離婚し、母親とともに王都のウィルソン家へ移り住んだのは今から七年前のこと。

以降、母方の祖父や叔父達の背中を見て育った彼が、王国軍に入隊するのは自然な流れだったのだろう。

「先々代の国王陛下に重用されたにもかかわらず、現在サルヴェール家が王都に居場所を持たないのは、分家にもかかわらず僕の母を——本家であるウィルソン家から迎えた妻を蔑《ないがし》ろにしたせいでしょうね」

そう言って肩を竦めるボルト軍曹には、生まれ故郷や実の父親に思い入れはないようだ。

むしろ、愛人を取っ替え引っ替えしていたらしい父親に対しては嫌悪感さえ滲ませていた。

しかしながら、現在サルヴェール家の当主を務めているのは、そんなボルト軍曹の父親ではないという。

「父は、昨年亡くなりまして、現在当主を名乗っているのはその前年に結婚した女性だそうです。元々は、王都から派遣されてきた役人だったとか」

「嫡子を差し置いて、後妻が当主の座に居座ってるってことですか？　それは、なかなか……」

「モリス、やめなさい。しかし、軍曹は現状に納得しているのかな？」

少佐の明け透けな物言いを窘《たしな》めつつ、閣下は年長者らしくやんわりとボルト軍曹の意思を確認する。

というのも、血統が何より重んじられるアレニウス王国において、家督は基本的に世襲制をとっているからだ。

当主が亡くなればその血を引く子供が、子供がいない場合は兄弟姉妹が跡目を継ぐのが一般的で、血の繋《つな》がりのない配偶者が当主の座に上ることはたいへん珍しかった。

そのため、父親の再婚相手が生家を牛耳っている現状に、子供が不満を抱いていたとしてもおかしくない。

けれど、当のボルト軍曹はあっけらかんと笑って首を横に振った。

「あはは、いいんです。僕自身、成人したらサルヴェール家に関する相続権は一切放棄するつもりでしたので。今回のような機会がなければ、一生サルヴェール家に足を運ぶことさえなかったかもしれませんしね。こう言っては何ですが、父にも生まれた家にも今更……」

未練なんてない——そう言いかけたのであろう。

ところが、少佐の足元に伏せていたロイがふいに身じろいだとたん、ボルト軍曹は口を閉ざしてしまった。

そのまま逡巡《しゅんじゅん》するように灰色の目を泳がせる彼を、閣下が優しい声で呼ぶ。

ボルト軍曹はロイに目をやったまま、実は、と口を開いた。

「王都に移り住む少し前に、犬を拾ったんです。けれど、サルヴェール家に置いてきてしまいまして……」

「なるほど、未練があったのを思い出してしまったのかい」

「はい……当時、本家に告げ口されるのを恐れた父によって、母は半ば軟禁されておりまして……王都へ移る際は家人の目を盗んで夜逃げ同然で汽車に飛び乗ったんです。だから、犬は連れていけなくて……」

「そうか……それは大変だったね」

十歳と言えば、私もミゲル殿下に翼を捥《も》がれて犬へのトラウマを植え付けられた頃だが、ボルト軍曹もまた同じような時期に辛《つら》い体験をしたようだ。

何だか他人事とは思えずぐっと唇を噛み締めれば、目敏くそれに気付いた閣下が宥めるように背中をポンポンしてくれた。

「もう、七年も経っていますから、もしかしたら僕のことを忘れてしまっているかもしれませんが……まだ元気でいてくれたらいいなと思っています」

そう言って、ロイの背中を撫ではにかむボルト軍曹の顔は、年相応に見えた。


車窓から見える空は、いつの間にか茜色から群青色《ぐんじょういろ》へと塗り替えられていた。

汽車は遠く山際まで一面に続く小麦畑の脇をひた走る。

王都からシャルベリ辺境伯領までとサルヴェール家までは、直線距離にすると前者の方が圧倒的に近いのだが、後者に向かう西回りの経路の方が平野部が多いことから、汽車での所要時間はほぼ同じだという。

国王陛下からの頼まれ事により、否応なくシャルベリ辺境伯領への帰還が遅れることになったため、閣下と少佐は汽車の中でも仕事の打ち合わせをする必要があった。

必然的に、私はボルト軍曹の相手をすることになったが、同い年だと思うと幾分気は楽だった。

「たしか、シャルベリ辺境伯領には竜にまつわる伝説がありましたよね？　奥様は、竜って実在すると思われますか？」

「えっ⁉　あ、あの……どうでしょう……？」

思わぬ質問に、私は鞄から頭を出していた子竜のぬいぐるみ——小竜神をとっさに手で隠しながら目を泳がせる。

そんな私の怪しい動きを気に留めず、ボルト軍曹が続けた。

「サルヴェール家の周辺にも有名な竜の伝説があるんです。その竜が棲んでいたとされる洞窟が、ちょうど屋敷の裏にあったんですよ」

「初代国王陛下の末王子を助けたという、始まりの竜が棲んでいた洞窟ですか？」

「はい。古くなって崩れやすいから、と一切の立ち入りは禁止されていましたが」

「ボルト軍曹は、その……竜は実在すると思いますか？」

同じ質問を返した私に、ボルト軍曹はうーんと悩む素振りを見せたが、やがて内緒話をするみたいに声を潜めて言った。

「サルヴェール家の話をすると母が嫌がるので、王都では誰にもしゃべったことがないんですが……実は、あの土地でだけ真《まこと》しやかに囁かれている話がありまして……」

思わず顔を寄せた私に、軍曹は思いがけない言葉を告げた。

「何でも、〝始まりの竜は今もあの地で生きている〟って言うんです——」

＊＊＊＊＊＊

アレニウス王国はもともと国土全体が起伏に富んだ地形であるが、南部は特に山がちであり、国境沿いには非常に高い山脈が連なっている。

天に向かって鋭く切り立つ断崖絶壁の岩峰群《がんほうぐん》は、まさに強固な城壁のごとく、長きにわたって異国の侵攻からこの国を守ってきた。

そんな名峰の麓《ふもと》にある広大な森と湖、そこに佇むのどかな町一帯は元々王家の直轄地であったが、先々代の国王陛下から下げ渡されて以降は件《くだん》のサルヴェール家の領地となっている。

私達を乗せた汽車が終点の駅に到着したのは、王都を出発した翌日の午後のこと。

北寄りに位置する王都はもちろん、シャルベリ辺境伯領と比べても温暖な気候で、頬を撫でる風さえ暖かく感じられた。

汽車から馬車に乗り換え、さらに南に向かって走ること一時間。

ようやくサルヴェール家に到着した私達がまず目にしたのは、それはそれは見事な庭園だった。

一面に敷き詰められた黄緑色の芝生の中を行く小道は、奥に見える屋敷の玄関まで続いている。

どこかに水路が設けられているのか、サラサラとささやかに水の流れる音もした。

小道の両側には色とりどりの花々が咲き誇り、垣根のように連なったグーズベリーの木には小さい真っ赤な実が鈴生《すずな》りである。

そんな光景に懐かしそうな顔をするボルト軍曹に続いて、私達は庭園の小道を進んでいく。

その最中のことだ。

「あっ……」

庭園のずっと端の方に、大きな木が何本か並んで立っていた。

その下を通り過ぎる人影がふと視界の端に入り、私はまるで吸い寄せられるようにそちらに顔を向ける。随分離れているにもかかわらずその人の姿がはっきりと見えたのは、竜の先祖返りであるが所以。

体格からして男性だろうか。

背中にゆったりと流した髪は、兄様や陛下みたいな銀髪というよりは、老人のそれのように真っ白だった。

しかしながら、しゃんと伸びた姿勢は若々しく――何より、その横顔があまりに鮮烈で、私は思わず見蕩《みと》れてしまう。

それこそビスクドールみたいな、作りものめいた美しさだったからだ。

「パティ、どうかしたかい？」

「あっ……いえ、あちらに人が……」

一瞬立ち止まってしまった私の顔を閣下が覗き込む。我に返った私は、庭園の端の木立を指差したが……

「あれ……？」

さっきの男性の姿はもうどこにもなかった。

先触れもなく現れた私達に、サルヴェール家はにわかに騒然となった。

しかも閣下と少佐が軍服を纏っていたものだから、すわ抜き打ちの監査か、と玄関で出迎えた若い家令が眼鏡の下で目を白黒させていた。

そんな家令をやんわりと下がらせて対応してくれたのは、閣下やお姉様方と同じくらいの年頃の女性だった。

艶やかな金髪を結い上げ、華美ではないが上質そうなドレスを身に纏う、洗練された印象の美しい人だ。

客間で改めて向かい合った彼女は、奇《く》しくも私達が探しに来た絵の女性と同じ名前、〝マーティナ〟と名乗った。

昨年亡くなったというボルト軍曹の父親から家督を継いだ、後妻である。

「まあまあ、王都からお客様がいらっしゃるなんて、一体いつぶりでございましょうか」

「いえ、王都から参ったのは便宜上で、我々はシャルベリ辺境伯領の者です」

「あら。それはそれは、随分と遠回りをなさいましたね。こんな僻地までようこそお越しくださいました」

「ははは、僻地っぷりでしたら、うちも負けておりませんよ」

内心はどうであれ、人当たりのいい笑みを浮かべて歓迎の弁を口にしたマーティナ・サルヴェールに対し、閣下は僻地の領主同士、自虐的な冗談を交わす。

客間に置かれたソファセットには、マーティナに向き合う形で私と閣下が横並びに座った。

少佐とボルト軍曹は、私と閣下が腰を下ろしたソファの後ろに立ち、少佐の足元にはロイがお座りをしている。小竜神は、相変わらず私の鞄の中で沈黙していた。

閣下がここで、訪問の目的——先々代の国王より当時のサルヴェール家当主が賜った絵を探していることを告げる。

とたんに、マーティナは頬に手を当てて困ったような顔をした。

「生憎《あいにく》、そのような絵の話に聞き覚えはありませんわねぇ。亡くなった主人も、あまり芸術に明るい人ではございませんでしたので……もしかしたら屋敷のどこかに飾っている可能性もありますので、家令に聞いてみましょう」

そう言って、マーティナが最初に私達に応対した若い家令を呼び戻そうとした、その時である。

「敷地内に宝物庫があるでしょう。隠し立てはできませんよ」

私の背後から身を乗り出すようにして、突然ボルト軍曹が口を挟んだ。

そのどこか高圧的な言い様に、私は思わずぎょっとする。

もちろん、マーティナも戸惑ったような顔をした。

「ええ、確かに。うちには宝物庫がございますが……」

「そちらに絵がないか確認させていただきます。陛下からは、何としても絵を見つけてくるよう言いつけられておりますので。構いませんね？」

ボルト軍曹とその母親が王都に戻ってからサルヴェール家にやってきたらしいマーティナは、彼が亡き夫の息子だとは知らないようだ。

それこそ息子のような年齢の若者に有無を言わさぬ勢いで畳み掛けられては、顔には出さないもののいい気はしないだろう。

すかさず、閣下が間に入った。

「いきなり訪ねてきておいて不躾《ぶしつけ》なお願いとは存じますが、屋敷の中に絵が飾られていなかった場合、差し支えなければその宝物庫の中も捜索させていただけませんでしょうか」

「はあ……」

「何しろ、陛下はあの絵が欲しくて欲しくて夜も眠れぬとおっしゃるのです。目の下に、こうくっきりと隈をお作りになり、まるで幽霊のように青い顔をなさって」

「あらあら、まあまあ。それは一大事。我が国の存亡にかかわりますわね」

冗談めかした閣下の言葉に、マーティナがとたんにころころと笑う。

おかげで、ボルト軍曹の発言によって張り詰めかけていた場の雰囲気が一気に和んだ。

その後、マーティナは快く宝物庫の捜索に許可を出した。

場を取り成した閣下の手腕や、不躾な要求にも大らかに対応したマーティナの余裕――二人の領主のやり取りを、私は尊敬の眼差しで見つめる。

特にマーティナの理知的で洗練された姿は、同じ女性として是非とも参考にしたいものだった。

シャルベリ辺境伯夫人として早く一人前になれるよう、大人の余裕を身につけたい――そんな思いが一層強くなる。

ところが……

「ひ、ひぇ……」

実に情けないことに、目下私は閣下の上着の裾を握ってブルブルと震えていた。

というのも、まず屋敷内に件《くだん》の絵が飾られていないかを確認するためにマーティナが家令を呼んだ際、一緒に犬が入ってきてしまったからだ。

口の周りから目にかけては黒、それ以外は赤褐色の毛むくじゃら。ちょうど狩猟会の際に、狩りそっちのけで私に飛び付いてきた、アーマー中尉の愛犬とそっくりな見た目だった。

しかし、決定的に違うのは、その大きさである。

何しろ、アーマー中尉の犬ともロイとも比べ物にならないくらいに、それはそれは巨大な犬だったのだ。

とっさにこの場から逃げ出さなかっただけ、私は自分を褒めたいと思った。

「……っ、く、パティ。かわ、かわわ……」

「閣下、こんな場面で発作を起こさないでくださいよ。シャルベリ辺境伯の沽券《こけん》にかかわります」

怯える私に悶える閣下。慣れっこの少佐がすかさず釘を刺す。

閣下はこほんと咳払いして居住まいを正すと、私が犬が苦手なことをマーティナに説明してくれた。

「まあまあ、ごめんなさいね。しかもこの子ったら、とんでもなく大きいんですもの。無理もありませんわ」

「こ、こちらこそ、申し訳ありません……」

「お気になさらないで。ただ、こう見えてもおとなしくていい子なんですよ？　決して噛んだりはいたしませんので、どうかご安心くださいな」

「は、はい……」

マーティナは私に優しく微笑みかけながら、アイアス、と呼んで犬に手を伸ばす。

ところが、当の犬はまるで彼女の手を避けるようにぷいっと顔を背けると、部屋の隅へ行って寝転んでしまった。

「……いい子はいい子なんですけどね。ご覧の通り、私には全然懐いてくれなくて」

小さく肩を竦めたマーティナが、苦笑いを浮かべて続ける。

「亡くなった主人の犬ですの。なんでも、生き別れになった息子さんが拾ってきたとかで……主人は、それこそこの犬を息子さんの身代わりのようにとても可愛がっておりましたわ」

私は思わず背後に立つボルト軍曹を仰ぎ見る。

彼はぐっと唇を噛み締めていた。

陛下ご所望のマーティナの絵は、結局サルヴェール家の屋敷内には飾られていなかった。

そのため、閣下と少佐、及びボルト軍曹は、敷地内にあるという宝物庫を捜索することとなった。

とはいえ、サルヴェール家がこの地域を治めるようになったのは、先々代の国王陛下の時代――せいぜい五十年ほど前のこと。

それまでは王家の直轄地であり、サルヴェール家の邸宅となっているこの屋敷ももともとは王家の別荘であったらしい。

宝物庫はそんな王家所有の時代から存在し、屋敷と一緒に中に収められた代物ごと当時のサルヴェール家当主に下げ渡されたのである。

歴史的価値は高いものの稀少性は低い――つまり、宝物としてはいまいちなものが大半なため、宝物庫とは名ばかり、実際はただの物置と化しているという。

先々代の国王陛下は盤勝負の末にマーティナの絵を譲ったとのことだったが、それがはたして当時のサルヴェール家当主の希望なのかは定かではない。

もらったはいいものの扱いに困って、物置――もとい宝物庫に放り込んだ可能性もあるだろう。

しかしながら、随分久しく閉め切ったままの宝物庫は、埃もたまっていて空気が悪い。

そのため、屋敷の方で待たせてもらうよう閣下から言いつけられた私は、少々……

「……」

いや、かなり緊張していた。

シャルベリ辺境伯夫人として――閣下の名代《みょうだい》として、サルヴェール家現当主であるマーティナと二人で、庭園を望む一階のテラスにてお茶のテーブルを囲むことになったからだ。

私が粗相をしては、夫である閣下の顔に泥を塗ることになると思うと、カップを持つ手さえも震えてしまう。

マーティナの絵から反応が返ってくる可能性があるとのことで、小竜神まで捜索に付いていってしまったため、少佐が側に残していってくれたロイの存在だけが唯一の拠《よ》り所だった。

「まあ、それではパトリシア様は、メテオリット家のご出身でいらっしゃるの？　マチルダ様は、お姉様？　あらあら！」

「あ、あの、姉をご存知なのですか？」

おずおずと尋ねる私に、マーティナはもちろんと頷く。

「私も、サルヴェール家に嫁ぐまでは王都で役人をしておりましたので、遠巻きながらお姿を拝見することもございましたわ」

「マーティナ様も、王宮に勤めていらっしゃったんですね」

「ええ。ただし、私はマチルダ様とは違って、しがない下っ端でしたけれど」

「そんな……」

自虐なのか謙遜なのか判断のつかないマーティナの言葉に、私は反応に困った。

けれども、当の本人は気にする風もなくにこやかに続ける。

「アレニウス王国もまだまだ男性中心の社会でしょう？　そんな中で、少女の頃から男性の軍人と同じ軍服を纏い、参謀長閣下や大将閣下と堂々と渡り合うマチルダ様のご勇姿に、秘かに憧れていた女子も多いのですよ？」

「お、恐れ入ります！」

大好きな姉のことを褒められたのが嬉しくて、応える私の声も弾む。

すると、マーティナがころころと笑って言った。

「うふふ、やっと自然な笑顔を拝見できて、安心しましたわ。大事なお客様に寛いでいただけないなんて、当主の沽券にかかわりますもの」

「あ……申し訳ありません。お気を遣わせてしまって……」

とたんに、私はたまらなく情けない気分になった。

だって、閣下の名代を務めるどころか、一方的にもてなされるばかりではないか。

ぐっと唇を噛んで俯けば、側に寄り添うロイが心配するみたいにクウンと鳴く。

ところが、カップを握り締めた私の手を、ふいにマーティナのそれが包み込んだ。

「どうか、堂々としていらして？　あなたは今、当家のお客様なのですから。それをもてなすのは、お客様を迎え入れた私の務め。あなたを笑顔にできたなら、それは私にとってとても誇らしいことなのですよ」

「マーティナ様……」

その声は慈愛に満ちていた。掌は、柔らかで温かい。

たおやかで、寛容で、機知に富んだマーティナの姿は、まさに私が理想とする大人の女性像そのものであった。

「私は未熟で、まだまだマーティナ様や姉のようにはいきませんが……主人やシャルベリのために何ができるのか、模索して参りたいと思っております」

「ご立派でいらっしゃるわ。シャルベリ辺境伯閣下も、さぞ心強く感じておられることでしょう」

きっと、社交辞令もあるだろう。

それでも、お手本にしたいと思える相手に志《こころざし》を認めてもらえて、素直に嬉しい。

おかげでいくらか緊張も解け、マーティナとの会話も弾んだ。

ところが、お互いのカップが空になろうとした頃のことである。

ふいに現れたサルヴェール家の家令が、マーティナに何やら耳打ちをした。

「ごめんなさい、パトリシア様。少し席を外してもよろしいかしら?」

「あ、はい。どうぞ……」

盗み聞きをする気などなかったのだ。

けれど、竜の先祖返りの聡《さと》い耳は、図らずも家令の囁きを拾ってしまった。

——まずいことになりました。

まずいこと、とは何だろう。何か問題が起きたのだろうか。

しかし、万が一閣下達に関わることならば、私にも何かしらの説明があるはず。

領地内の問題だとしたら、私のような部外者が出る幕はないだろう。

家令とともに足早に屋敷の中に戻っていくマーティナを見送り、とたんに手持ち無沙汰になってしまった私は、隣に寄り添うロイの毛並みをゆったりと撫でた。

犬は、相変わらず恐ろしい。それこそ、子竜となった自分より小さい犬でもだ。

たとえ翼は戻ろうとも、幼い頃に味わったあの恐怖が消えるわけではないのだから。

それでも、今こうしてロイと二人っきりでも落ち着いていられるのは、私の中で彼の〝犬〟としての存在感よりも〝友達〟としてのそれが勝《まさ》った結果なのだろう。

そう思うと、ロイの毛の感触さえも何だかとても尊いもののように感じた。

そうして、彼の黒い毛をサラサラと手慰みに梳いていた時である。

ふと私の脳裏に、ロイのそれとは対照的な真っ白い髪が甦《よみがえ》ってきた。

サルヴェール家に到着してすぐ、庭園のずっと端の方を横切るのを見かけた、あのやたらと美しい男性の姿である。

「あの人……誰だったのかな。使用人じゃないような気がするんだけど」

ここで私は、改めて周囲の景色に目を向けた。

眼前には、色鮮やかに花々が咲き誇る見事な庭園が広がり、右手のずっと奥にはさっき私達が潜《くぐ》ってきた門が、対して左手には大きな木が何本も並んで立っているのが見える。

白い髪の男性を見かけたのは、その左手の木立の付近であった。

どういうわけか、彼のことがひどく気になった私は、そっと席を立つ。そうして庭園へと足を踏み入れた私に、ロイは当たり前のように付いてきてくれた。

件《くだん》の木立の袂《たもと》には、水路があった。水はちょろちょろと音を立て、その先にある大きな池へと流れているようだ。

そこに浮かんだ色とりどりの睡蓮に引き寄せられ、畔《ほとり》に立った時である。

「――きゃっ⁉」

バサバサッと激しい羽音が聞こえたかと思ったら、すさまじい勢いで何かが私のこめかみにぶつかってきたのだ。

あまりの衝撃に、一瞬目の裏がチカチカし、頭の中で星が飛ぶ。

けれども、それだけでは終わらなかった。

「ひえっ⁉」

ふいに殺気を感じて顔を上げたとたん、目に飛び込んできたのは一直線に突っ込んでくる鷲《わし》の姿だった。

先に私にぶつかった何かを追ってきたのだろうか。

その鋭い爪の切っ先がこちらに狙いを定めているのに気付き、恐怖に戦く。

たちまち、胸の奥で心臓が大きく跳ね――

「だ、だめっ！　こんなところで……っ‼」

必死に抗うも、もはや私にはどうすることもできなかった。

ドクッ！　ドクッ！　ドクッ！　と鼓動が異常なほど激しくなる。

強烈な勢いで心臓から吐き出された血液が、凄まじい速さで血管の中を駆け巡った。

全身に張り巡らされたありとあらゆる毛細血管の先端にまで、古来より受け継いだメテオリット家の血が行き届く。

「ぴぃいい……‼」

ドボンッ……、と鈍《にぶ》い音が辺りに響く。

池に吸い込まれたのは、ピンク色の子竜だった。

体長が縮んだおかげで鷲の軌道からは逸れたものの、そもそも一撃目で傾いていた体勢は立て直しようもなかったのだ。

コポコポと空気の泡が水面に上がっていく音に交じって、わんわんとロイの吠え声が聞こえる。

私は短い手足を必死に動かして浮上しようとするが、身体に引っ付いてきた衣服が邪魔をして儘《まま》ならない。

もがけばもがくほど濡れた衣服が絡み付き、私は完全に混乱に陥ってしまった。

ゴポポッ……と、一際大きな空気の泡が口から逃げていく。

近くでドボンと音がして、池の中にロイが飛び込んできたのが見えた。

その間にも、身動きが取れず息もできなくなった私は、池の底へと沈んでいく。

（閣下……）

遠のきかけた意識の中で、閣下の顔を思い浮かべた——その時だった。

にわかには信じられないようなことが起こる。

なんと、池の底に仰向けに沈んでいた私の目の前で水面がパックリと二つに割れ、青空が現れたのだ。

ザアアアッ……と音を立てて、みるみるうちに水が左右に捌《さば》けていく。

気が付けば、私は水がなくなった池の底に転がっていた。

「わんわんっ！　わんわんわんっ‼」

「ぴあ……」

すぐさま駆け寄ってきたロイによって、ベロベロと顔中を舐め回される。

私は慌てて起き上がろうとするものの、濡れた衣服がきつく身体に絡み付いてしまって身動きが取れない。

池の水は、抜かれたわけでも、干上がったわけでもなかった。

それが証拠に、池底に転がった私の両側には高い水の壁が突っ立っている。

まるで、私とロイのいる場所だけ水が避けてくれているみたいな、摩訶不思議《まかふしぎ》な光景だった。

と、その時である。

「――そこの小さいの。大丈夫かい？」

「ぴっ⁉」

ふいに、頭の方から声が聞こえてきた。

子竜の身体をびくんと跳ねさせた私は、とっさに首を捻《ひね》って声の方を振り仰ぐ。

はたしてそこにいたのは、サルヴェール家に到着してすぐ、庭園で見かけたあの真っ白い髪の男性。

「おや、驚いた。おまえ――竜の子かい？」

私と目が合ったとたん、彼は姉みたいな金色の目を細め、作り物めいた美しい顔ににこりと笑みをのせた。

第四章　白い人とちんちくりんの子竜

池の水が塞《せ》き止められてできた壁は、岸まで続いている。

その狭間《はざま》に平然と立つのは、髪も肌も透き通るように白く、その上シャツとズボンまで真っ白な男性だった。

上等な絹糸みたいな長い髪は、ゆったりと曲線を描きながら背中に流されている。

姉によく似た金色の瞳は私を――ちんちくりんの子竜をまじまじと見下ろしていた。

「へえ？　へええ？　おまえはピンク色、なんだねぇ？」

「ぴ……」

いきなり目の前で池の水が割れて混乱していた上に、初対面の相手にうっかり子竜の姿を見られてしまったのだ。

私はどうしていいのか分からなくて、完全に固まってしまった。

そんな中、ふいに目の前に黒い壁が立つ。ロイだ。

「おや、黒いおまえ。その子を守ろうとしているのかい？」

「ウウ……」

「ふふ、怖い顔だ。ぼくが、その子をどうにかするんじゃないかと思っているんだね？」

「ウウウ……」

ロイは私を隠すように立ちはだかり、低い声で唸る。

しかし、白い人は怯むどころか平然とその頭を撫でた。

衣服が絡み付いて身動きが取れない私は、ロイの陰でおろおろするばかりだったが、ふと白い人の肩を彩る鮮やかな色が目に入る。

私の視線に気付いたらしい白い人が、ああ、これかい？　と笑みを深めた。

「さっき、おまえにぶつかってきた子だよ。こんな派手な色をして、襲ってくださいと言っているようなものさ。ここいらでは見かけない種だしね」

それは、赤い頭と黄色の羽をした、掌に乗るくらいの小鳥だった。

白い人の言う通り、目立つ姿が災いして鷲に狙われたのだろう。

「さあ、もうお行き。おまえには成すべき役目があるんだろう」

白い人がそう優しい声で促すと、小鳥は返事をするみたいに一つピイと鳴いてから、黄色い羽を広げて空高く飛び立っていった。

ぽかんとしたままそれを見送る私の傍らで、いつの間にか唸るのをやめていたロイが、ブルブルと全身を振って水を飛ばす。

水飛沫《みずしぶき》が入らないようとっさに両目を瞑《つむ》るも、さて、と呟く声に慌てて瞼を開けた私は、白い人の手がすぐ目の前まで迫っているのに気付いて戦いた。

「ぴい！　ぴいいっ……‼」

「よしよし、落ち着いて。そんなに怯えなくても、おまえを取って食ったりしないよ」

必死にもがいて逃れようとする私に、白い人はくすくすと笑う。

彼は、絡み付いていた衣服を片手で器用に取り除いてから私を抱き上げると、ロイを促してその場を離れた。

そうして、岸に上がったとたんのことだ。

ザアアァッ……と音を立てて水の壁が崩れ始めたかと思ったら、あっと言う間に元通りの池に戻ってしまった。

私はまたもや呆然と、その摩訶不思議な光景を眺めるばかりであった。

「ねえ、おまえ。どこから来たの？　名前は？　年はいくつになる？」

一方、白い人は池の水に起こった奇跡よりも子竜の方に興味津々のようだ。

片腕に抱いた私を遠慮の欠片《かけら》もなくじろじろと眺めつつ、矢継ぎ早《ばや》に問うてくる。

ロイはそんな彼の足元にお座りをして、成り行きを見守るつもりらしい。

閣下以外の男性に抱っこされている現状に居心地の悪さを覚えながら、私はちらちらと白い人の顔を盗み見た。

見れば見るほど美しく――そして、作りものめいた顔だと思う。

年は、私の姉や兄様と同じくらいだろうか。

それなのに、しゃべり方だとか雰囲気はいやに老成しているように思えた。

「しかし、竜が溺れるだなんてねぇ。おまえ、ドジでかわいいね」

「……ぴい」

くすくすと笑って呆《あき》れたみたいな台詞《せりふ》を吐かれても、馬鹿にされているような気はしなかった。

それどころか、親が子を慈しむような、拙《つたな》ささえも愛おしむような――深い愛情を向けられているみたいに思えるから不思議だ。

気が付けば、私は白い人の顔をまじまじと見つめていた。

真正面にある金色の瞳には、彼に負けず劣らず興味津々な様子の子竜の顔が映り込んでいる。

ところが……

「おや、額を怪我しているじゃないか。かわいそうに。さっきの小鳥とぶつかった時だね」

「みっ⁉」

白い人がいきなりぷちゅっと額に唇を押し当ててきたものだから、私は再びジタバタと暴れることになった。

絡み付いていた衣服が取り除かれたおかげで、今度はなんとか逃れることに成功する。

慌ててロイの後ろに避難した私は、その背中にしがみつきながら、またくすくすと笑う白い人を覗き見る。

しかしふと、彼の手に――今の今まで私を抱っこしていたのとは逆の手に握られているものに気付いてぎょっとした。

「ぴゃ⁉」

「ああ、コレね。さっきの派手な小鳥にくっついてたんだけど――知り合いかい？」

白い人の手にあったのは、子竜の私を模した小さなぬいぐるみ――小竜神が憑依したものだった。

閣下達と一緒に宝物庫に向かったはずなのに、どうして戻ってきたのだろう。

私とロイが顔を見合わせる一方で、小竜神は突然我に返ったみたいにジタバタと暴れ始める。

そのとたんである。

白い人の美しい顔から、一切の笑みが消えた。

「じっとしなよ、ケダモノの眷属。あんまりうるさいと――捻り潰しちゃうよ？」

「ぴぇ……」

私やロイや小鳥に対するものとは正反対の、それはそれは冷たく厳しく威圧的な声だった。

同じ口から発せられたとは思えないその声に、私は自分に向けられたわけでもないのに震え上がる。

小竜神もブルブル震えながら、助けを求めるみたいに私を呼んだ。

『パ、パトリシア……』

「……うん？　パトリシア？」

「ぴいい⁉」

「おまえ、パトリシアって名前なの？」

白い人は突然興味をなくしたみたいに、ぽいっと小竜神を投げ捨てた。

そうして、何やら感慨深げな顔をして、パトリシア、パトリシア、と繰り返しながら、ロイの背中に隠れた私を覗き込んでくる。

私は私で、得体の知れない相手に、ただもう戦々恐々としていた。

間に挟まれたロイは、私と白い人の顔を見比べて、困ったようにクウンと鼻を鳴らす。

その頭をよしよしと撫でながら、作りものめいた美しい顔に再び笑みをのせて白い人が言った。

「まさか、こんな日がくるなんてね。長生きはしてみるもんだ」

直後、驚くべきことが起きた。

白い人の姿が、こつ然として消えたのである。

「ぴ……？」

お座りをするロイの背中にしがみついたまま、私はキョロキョロと辺りを見回す。

そんな私を振り返り、ロイがまたクウンと鼻を鳴らした。

その時である。

『どこを見ているんだい。ぼくはここだよ』

『えっ⁉』

小竜神や、竜神の生贄の名を持つ人形や絵達――そして、竜になった姉の時のように、頭の中に直接声が響いてきた。

と同時に、ロイの向こうから何かがひょいと飛び出してくる。

『わ、私……？』

私は最初、それを鏡だと思った。

何故なら、目の前に現れたのが、今の私にそっくりの、ちんちくりんの子竜だったからだ。

白い人に投げ捨てられた子竜のぬいぐるみ――小竜神は、池の畔の芝生の上に落ちて動かなくなっていた。

乱暴に扱われた衝撃によって憑依が解け、ただのぬいぐるみに戻ってしまったのだろうか。

だとしたら小竜神は、大本である石像が祀《まつ》られているシャルベリ辺境伯領に戻ってしまったのかもしれない。

そもそも、閣下達と一緒にサルヴェール家の宝物庫に入ったはずの小竜神が、何故小鳥にくっついて戻ってきたのだろうか。

そんなことを頭の隅で考えつつも、私の意識は目の前の光景に釘付けになった。

『ねえ、おまえ。メテオリット家に生まれた子だよね？』

『わあっ‼』

ロイの向こうから伸びてきた手が、私の顔をぐっと摑む。

申し訳程度の鉤爪が付いた、赤子のそれのようにふくふくとして小さい――まさしく、子竜の私のものとそっくりな手だった。

『だ、だ、だれえーっ⁉』

『誰って、ぼくだよ。今の今まで一緒にいた、白い髪の男さ』

『でも！　そんな、ちんちくりんじゃなかったっ‼』

『いやいやいや、ちんちくりんはお互い様でしょー』

体長はだいたい小型犬くらいで、短い手足にぽっこりと丸いお腹。頭でっかちのちんちくりん。

ロイの向こうから現れたのは、鏡に映った私ではなく、生き写しみたいにそっくりな子竜だった。

私や姉のようなメテオリットの竜の先祖返りは、人間の時の髪の色が竜の身体の色に反映される。

そのため、ピンク色の髪をした私はピンク色の子竜になるのだが、今目の前にいる子竜の身体も、白い髪の男であることを示すかのように真っ白い色をしていた。

『そもそも、ちんちくりんの何がいけない？　ぼくはこんなに可愛いっていうのに』

ふふん、と鼻を鳴らして得意げに言う声は――頭の中に響いてくる声だが――確かに白い人のそれと同じだ。

白い人――いや、白い子竜は、ちっちゃな掌で私の両頰を包み込んだまま、金色の瞳を細めて嬉しそうに続けた。

『しかし驚いたよ。今になって、まさか子孫に会えるだなんてね』

『へ？　子孫……？』

『そうだよ。メテオリット家は、ぼくの娘とアレニウスの末王子から始まった一族だからね』

『ぼ、ぼくの娘って……？』

思ってもみない展開に、もはや私は相手の言葉を繰り返すことしかできない。

だって、まさか、そんな――今自分の目の前にいるのが、メテオリットの始祖たる竜の片割れだなんて。

ふいに、汽車の中でボルト軍曹から聞いた話を思い出す。

この土地でだけ真しやかに囁かれているという噂話だ。

――何でも、〝始まりの竜は今もあの地で生きている〟って言うんです。

『ええええええっ!?』

『こらー、危ないよ』

驚きのあまり後ろに仰《の》け反ろうとする私を、両頬を摑んだままの白い子竜がぐっと引き寄せる。

そうして、私をぎゅうぎゅう抱き締めると、お揃いのプクプクのほっぺをムニムニと擦《す》り寄せながら感極まったように叫んだ。

『はじめまして、だね！　ぼくの可愛い子孫ちゃん！　おまえはぼくの、ひひ、ひひひひ、ひひひ

ひひひ孫——あー、もう！　数え切れないから孫でいいや！　はじめまして、おじいちゃんだよー!!』

『お、おじいちゃんって……えええええええっ!?』

ずっとずっと昔、アレニウス王国がまだできて間もない頃のことである。

初代国王の幼い末王子が、権力争いに敗れて失脚した人物によって攫《さら》われ、南の国境付近に広がる森の奥の洞窟に投げ込まれるという事件が起きた。

その洞窟には恐ろしい竜が棲んでいると言われていたのだ。

末王子を攫った者は、彼を生贄にして竜を仲間に引き入れ、自分がアレニウス王国を支配しようと企んだらしい。

『けれども、肝心の竜は王子を生贄としては受け取らなかった。それどころか彼を保護し、ちょうど卵から孵《かえ》ったばかりの自分の娘と一緒に大切に育てたんだ。そんな二人が長じて番《つが》い、メテオリット家を作った——まあ、ほぼ言い伝えの通りさ』

『はあ……では、ルイジーノ様は……』

『そんな他人行儀な呼び方をする子とは、おじいちゃんはお話をしません』

『うう、あの、えっと……ジ、ジジ様は……』

メテオリット家の祖先であるという白い子竜は、ルイジーノと名乗った。

本人は私に〝おじいちゃん〟と呼ばれたいようだが、さすがに恐れ多い。

何しろ相手は生粋の竜だ。

私みたいに何代もの人間の血が入って、竜に変化できるだけの先祖返りとは訳が違う。

交渉の末、〝ルイジーノ〟の略称である〝ジジ〟と呼ぶことで何とか折り合いを付けてもらった。

そんなジジ様は、水を司る竜であるという。

さっき池で溺れた私を、水を割って助けてくれたのも彼だった。

ちなみに、番《つがい》であったメスの竜——初代アレニウス国王の末王子を育てた母竜は、炎を操ったらしい。

そんな彼女の方はどうしているのだろうと尋ねた私に、ジジ様は小さく肩を竦めて言った。

『あの子はね、とうの昔に死んじゃったよ』

『……ごめんなさい』

『おや、どうして謝るの？』

『ジジ様が、悲しそうだから……奥様を亡くして、長い間寂しかったんじゃないですか？』

メテオリット家がアレニウス王家の末席となって、かれこれ千年近く経つ。

そんな気の遠くなるような長い時間をどうやって過ごしていたのかと問う私に、ジジ様は何でもないことのように言った。

『これといってやることもないからね。適当に食っちゃ寝して生きてきたよ』

『えええ……ずっと、ですか……?』

『あれは、いつの頃だったかな。ひょんなことから人間に化ける技を会得した後は、裕福な人間に囲われていい暮らしをさせてもらったよ。ほら、人間になったぼくってば、とんでもなく綺麗《きれい》でしょう?』

『はい……それはもう、こわいくらいに……』

美しいジジ様には、これまで多くの人間が魅せられてきたという。

男も、女も、みんな自分に夢中になった、と彼はにんまりと笑う。

とはいえ、今のジジ様は作りものめいた美貌の男性ではなく、ちんちくりんの子竜である。

そんな彼と私は、池の畔に並んで座っていた。

水面を覗き込めば、まるで双子みたいにそっくりの、けれど色違いな子竜が仲良く映っている。

『まあそんなこんなで、今はサルヴェール家当主の愛人をやってるわけだけど』

『あ、愛人!? って、えっ? マーティナ様のですか!?』

『そうそう。まあ、そろそろ潮時かなと思っていたら、おまえ達が来たんだよね』

『えっと、潮時というのは……?』

その問いには答えず、ジジ様が私の額を撫でる。

小鳥がぶつかってできた傷は、ついさっきジジ様に口付けられて、きれいさっぱり消え去っていた。

『パティのこの姿は、きっとぼくからの隔世遺伝だね。メテオリット家に先祖返りが生まれているのは知っていたけど、まさかおまえみたいな子がいるなんて……うん、長生きしてよかったなぁ』

『わ、私も不思議な気分です。でも……』

姉や母やその他歴代の先祖返り達みたいな立派な姿の竜ではなく、自分とそっくりのちんちくりんの竜がいたなんて。

私は、長く生きた竜であり祖先であるジジ様に対して恐れ多いことだとは思いつつ、親近感を覚えずにはいられなかった。

『ジジ様に会えて、嬉しいです』

『うん、ぼくもだよ。おまえ、可愛いねぇ』

はにかむ私の頭を、ジジ様がにこにこしながらちっちゃな手で撫でてくれた。

『ところで——パティはあそこで死んだふりをしているケダモノの眷属とどういう関係なんだい？』

『えっ、死んだふりって……小竜神様⁉』

芝生の上に放り出されていた小竜神を、ロイが私のところまで咥えてきてくれた。

慌てて抱き上げた子竜のぬいぐるみはプルプルと震えている。どうやらまだ憑依は解けていないようだ。

その背を撫でながら、私はここ半年あまりの間に自分の身に起きたこと——縁談のためにシャルベリ辺境伯領を訪れ、紆余曲折《うよきょくせつ》の末に閣下と夫婦になったことを話す。

すると、ジジ様が素っ頓狂な声を上げた。

『はああ？　シャルベリだって？　おまえ、シャルベリに嫁いだの？　うそぉ!?』

『う、嘘《うそ》じゃないです。閣下……いえ、主人も、今日一緒にここに来ています』

『あー、そう……へえ……シャルベリ……』

『あの、ジジ様？』

ジジ様は短い腕を胸の前で組むと、むむむ、と眉間に皺《しわ》を寄せて唸り始めた。

子竜の姿なので全然怖くはないのだが、シャルベリと聞いただけで何故そんなに難しい顔をするのか分からない。

戸惑う私の顔を、彼は金色の瞳でまじまじと眺めたかと思ったら、大きく一つため息を吐く。

そうして、私の腕の中にいる小竜神をじろりと睨んで、冷ややかに言った。

『まあ、いいや……それで、そこにいるケダモノの眷属？　おまえも何か用があってここに来たんじゃないのかい？　それがぼくの可愛い孫のためになるのならば、発言を許そう』

とたん、ようやく呼吸ができるようになったみたいに小竜神が大きく喘ぐ。

次いで私にしがみつくと、息吐く暇もなく捲《まく》し立てた。

『た、大変だ、パトリシア！　眷属の子達が宝物庫に閉じ込められてしまった！　出入口に錠を下ろされて……』

『えええ？　閣下達が!?　ど、どうしてそんなことに……』

思いも寄らない話に、私はあわあわと慌て出す。

さっき家令がマーティナに耳打ちした〝まずいこと〟とは、このことだったのだろうか。

けれども、閣下達の身に起こったことならば、どうして私に何も教えてくれなかったのだろう。

次々と湧き上がる疑問に、答えをくれたのは、ジジ様だった。

『ああ、それ。たぶんマーティナの仕業だね』

『えっ、マーティナ様？　誰かが間違えて鍵をかけてしまったんじゃなくて？』

『うん、きっと宝物庫とやらに閉じ込めて口を封じるつもりなんだろう』

『く、くく、口を、封じる――!?』

私は、頭の中が真っ白になった。

第五章　宝物庫

薄暗くカビ臭い部屋の中、天井近くにある小さな明かり取りの窓からのみ、辛《かろ》うじて光が差し込んでいた。

ガラスの向こうに広がるのは、抜けるような青空。

それに向かって高く高く飛んでいく、赤と黄色の鮮やかな小鳥の姿を、空と同じ色をした瞳が見送る。

「閣下ー、だめです。どうやら鍵をかけられただけじゃなく、何かを積み上げて出入口を完全に塞がれちゃってますね」

「そうか」

シャルベリ辺境伯にして辺境伯軍司令官シャルロ・シャルベリ、その腹心モリス・トロイア少佐、そしてアレニウス王国軍の少年軍曹ボルト・ウィルソンの三人が、サルヴェール家の宝物庫に足を踏み入れたのは、午後のお茶の時間の頃合いだった。

舞踏会を開けそうなほど広い部屋の中には、様々な品物が堆《うずたか》く積まれている。

何故かどんどん奥へと入っていくボルトに首を傾げながら、シャルロとモリスが手分けして国王陛下所望の絵を探し始めた時だった――ガチャン、と鍵がかかる音が宝物庫に響いたのは。

気付けば、ここまで案内してきた家令の姿がなくなっていた。

「いったい何の真似でしょうね？　家令の独断という可能性は……」

「ないだろうな。家令が我々をここに案内したことは当主も知っているんだ。鍵をかけて閉じ込めておいて、どう言い訳する？」

「ということは、マーティナ・サルヴェールの指示ということになりますね」

「ああ、まさか、マーティナの絵を引き渡したくなくてこんな暴挙に出たわけではないだろう。他に何か理由があるのか――心当たりはあるかな？　ボルト軍曹」

急にシャルロに話を振られたボルトが、びくりと肩を震わせた。

その肩を労るようにぽんぽんと叩いてから、シャルロは穏やかな声で続ける。

「我々は、あくまで陛下のご依頼によって絵を探しに来ただけだが、君には案内役の他にも使命があったんじゃないだろうか」

思えば、宝物庫の捜索にこだわったのは、他でもないボルトだった。

つまり、彼の一番の目的はマーティナの絵を見つけ出すことではなく、この宝物庫に入ることだったのではないか。

そう問うシャルロに、ボルトは観念したように口を開いた。

「閣下のおっしゃる通りです。黙っていて申し訳ございません。僕は――斥候役です」

「斥候……なるほど。ということは、王国軍の本隊が控えているということだね。隊の規模を尋ねても構わないかい？」

「はい。中尉率いる一個小隊総勢六十名が我々と同じ汽車でこちらに到着し、今はサルヴェール家の死角にて待機しているはずです」

「六十名を動員するとなるとなかなかの任務だ。差し支えなければ、マーティナ・サルヴェールに何の容疑がかけられているのか、教えてもらえるだろうか」

今から半年前、アレニウス王国では新国王ハリス・アレニウスの即位に伴い、上層部の面々がほぼ一新された。

前政権で汚職に手を染め私腹を肥やした連中は軒並み失脚。

厳しい断罪の末、財産は根刮《ねこそ》ぎ没収されていた。

夜逃げ同然で王都から姿を眩ましたり財産を隠したりする者も続出し、シャルベリ辺境伯領でも逃亡者を領内に入れないために警備を強化している最中。

一方サルヴェール家は、失脚したとある次官の財産隠しに関与している疑いがあるという。

当の次官はすでに拘束されて現政権による取り調べが行われているが、巨額の財産の回収がなかなか進んでいない。

現当主のマーティナは、ほんの二年前まで彼付きの文官であったため疑われるのは当然のこと。

さらには財産隠し以外にも、重大な犯罪に関与している可能性があった。

「屋敷の背後にある山脈にトンネルを掘って、隣国への抜け道を作ろうとしている、と。我々は、この宝物庫を隠れ蓑《みの》にしているのではないかと踏んでおりました」

「なるほど。国境には検問が敷かれているから、そのトンネルを通して秘密裏に次官の隠し財産を国外に持ち出そうというわけか」

「それだけではありません。彼女はどうやら、あちらの反政府勢力とも通じているみたいなんです」

「反政府勢力……それは、また穏やかじゃないな」

アレニウス王国と南側で国境を接する隣国ハサッド王国とは長年友好的な関係にあり、現国王の妹で前国王の唯一の娘であるエミル王女が嫁いでいる。

そんな友好国の反政府勢力と、前政権の亡霊どもが共謀しては、ろくなことが起こるはずがない。

アレニウス王国から流れた金や情報が、両国の友好関係や平和を脅かす火種になるのは必至で、国王としては何としても阻止しなければならないことだった。

「当初は、僕が前サルヴェール家当主の実子として、実父の墓に花を手向ける名目で訪ねることになっていたんです。叔父のウィルソン中尉と一緒に」

「だが、それだと遺産や家督を取り返しに来たと警戒される可能性があるね」

「はい、陛下や大将閣下もそうお考えになったのか、少し待てとおっしゃって……」

「そんな中、何も知らない私達が王都にやってきたものだから、利用してやろう、と」

サルヴェール家所蔵のシャルベリ由来の絵を求めてシャルベリ辺境伯夫妻が訪ねてくる、というのは不自然なことではない。

それに同行したボルトの任務は、絵を探すふりをしながら隠しトンネルの場所を確認すること。任務達成次第合図を出し、満を持して本隊がサルヴェール家に突入する手筈となっていた。

「私達が閉じ込められているこの状況も、本隊がサルヴェール家に突入して家宅捜索するための口実になるということか。そして、陛下もこの事態を視野に入れていた、と」

「申し訳ございません」

「さっき、そこの通気孔を通して放った小鳥が突入の合図かい」

「お気付きでしたか……はい。あの派手な羽色が合図になります。僕が身動きが取れなくなった際にも飛ばすことになっているので、どちらにしろ間もなく本隊が突入してくると思います。今少しご辛抱を……」

ところがここでシャルロは、いや、とボルトの言葉を遮る。

「せっかくだが、ここでおとなしく助けを待っているわけにはいかないな」

「な、何故ですか？　本隊がサルヴェール家を制圧してから出る方が安全ですのに」

「パティ――妻を、外に残してきてしまった」

「あ……」

はっとした顔をして口を噤《つぐ》んだボルトを余所《よそ》に、シャルロとモリスが頭を突き合わせる。

「我々をこの宝物庫に閉じ込めたところを見ると、問題のトンネルは別の場所にあるんでしょうね」

「しかし、マーティナ・サルヴェールは悪事がばれていることに勘付いているんだろう。トンネルが完成しているとしたら、こうして我々を押さえているうちに、荷物をまとめて隣国へ渡るに違いない」

「だとしたら、パトリシア様は万が一の際の人質にされる可能性がありますね」

「ああ……だが、人質とするからには、パティが安易に危害を加えられることはないだろう」

そんな二人のやり取りをボルトは黙って見つめていたが、やがておずおずと口を開いた。

「冷静でいらっしゃるんですね」

「うん？」

「閣下は、その……奥様にぞっこんだとイザベラ様がおっしゃっていたから。だから、もっと取り乱すのかと思いました」

「そうか、君の目には冷静に見えるか。だとしたら――私は取り繕うのに成功しているということだな」

えっ？　とボルトが聞き返すのと、シャルロがぐっと両手を握り締めて吼えるのは同時だった。

「本当は！　なり振り構わず暴れ回りたいくらいの気分なんだけどね！　ああ、パティー!!　今すぐあの子のところへ飛んでいって抱き締めたいっ!!」

「閣下、どうどう。もー、最後までかっこつけててくださいよー」

「冷静だと？　私が!?　こんな状況でパティを一人にしているというのにっ!?　――そんなわけあるかっ!!」

「はいはい、分かります。分かりますよ、そのお気持ち。ロイが身を挺して守るとは思いますが――あ、すみませんね、軍曹。うちの閣下、奥様のこととなるとたんにポンコツになるんですよ」

ボルトはシャルロの変わり様に目をまん丸にし、何でもないことのように言うモリスの言葉に頷いて返すのがやっとだった。

彼が惚けている隙に、シャルロとモリスはこそこそと言葉を交わす。

「軍曹が放った小鳥にくっついて、小竜神様が外へ出た。おそらく、パティに知らせに行くおつもりだろうが……」

「パトリシア様はいっそ子竜になって、どこかに身を潜めておいてもらった方が安全なんですがね」

「私達の動き如何《いかん》では、パティに危険が及ぶ可能性もある。マーティナには、私達の動きを封じることに成功したと思わせておいた方が得策だろう」

「ということは、鍵をかけられた扉を蹴破って外に出るわけにはいきませんね」

そう言い交わした二人の視線は、宝物庫の奥――そこに隠されるようにひっそりと存在していた扉へと向かう。

さっき、マーティナの絵を探している最中に、彼らが見つけていたものだ。

生憎、こちらにも鍵がかかっていたが……

ガンッ……!!

いきなり足を振り上げたシャルロが、躊躇《ちゅうちょ》なく扉を蹴破った。

一発で鍵どころか蝶番《ちょうつがい》まで外れて吹っ飛んだ扉に、びくりっとボルトが竦み上がる。

「正面から出られないならば、別の出口を探すまでだ。それもなければ、壁を破ってでも脱出するぞ。一刻も早く——本隊が突入して、焦った連中がパティに危害を加える前に」

「御意にございます」

軍服の襟を正したシャルロはモリスが頷くのを確認すると、居心地が悪そうに立っているボルトに向かって、冷静に聞こえる声でもって告げた。

「というわけで、我々は行くが。軍曹はここで本隊の到着を待って……」

「いえ！　僕も一緒に連れていってください！　閣下達を巻き込んでしまった以上、少しでもお役に立ちたいです！」

「いや、今回のことは君に責はない。軍という組織の中で、軍人は所詮手駒でしかないのだからね」

「それでも、ここに皆様を連れてきたのは僕です！　本隊と合流するまで——どうか、僕を閣下の部下としてお使いください！」

カツン、と靴を鳴らして、ボルトが一歩前に進み出る。

マーティナに警戒されないように王国軍の灰色の軍服は着てこなかった彼だが、格好はどうであれ、灰色の瞳に宿る意志の強さは立派な軍人のそれである。

シャルロはモリスと顔を見合わせてから、ふっと口の端を吊り上げた。

「頼もしいことだ。よろしく頼むよ――ボルト」

「はいっ！」

そうして、三人が蹴破られた扉を潜《くぐ》ろうとした時である。

『――ねえ。ちょっと、あなたたち。私も連れていってくれない？』

ふいに響いた声――しかも聞き覚えのない女性の声に、シャルロ達はぎょっとして立ち止まる。

小竜神や竜神の生贄の名を持つ人形達、そしてハリス国王陛下の寝室に飾られたマーガレットの絵のように、頭の中に直接響いてくる声だ。

こっち、こっち、と急かされつつ、慌てて辺りを捜索し直した男達は、やがて一枚の絵を発見した。

黄金の額縁に入った、長い黒髪をした若い女性の、ちょうど等身大くらいの上半身が描かれているものだ。

その青い目がシャルロを映したとたん、にんまりと細められた。

『――ごきげんよう、シャルベリの子』

＊＊＊＊＊＊

『竜神様の化身!?　それが接近した影響を受けて、こうして私の声があなた達に届くようになったってこと!?　へええ、不思議ねぇ!!』

「不思議ですねぇ」

シャルベリの竜神に捧げられた六番目の生贄マーティナ。

五番目の生贄で叔母にあたるマーガレットと対で描かれたその絵は、様々な品物に交じって宝物庫の壁に無造作に立て掛けられていた。

マーガレットとお揃いの黄金の額縁はすっかり埃をかぶり、くすんだ表情はどこか物悲しく見えたものだ。

しかし、シャルロがハンカチで綺麗に拭ってやったとたんにそれは満面の笑みに変わり、青い瞳は明かり取りの窓から差し込むわずかな光を受けて生き生きと輝いた。

『あっらー、そうなのー!　マーガレットに頼まれて私を迎えに?　へええー、彼女元気?』

「ええ、それはもう。お一人でもしゃべり倒して現国王陛下を睡眠不足に陥らせて差し上げるくらいには」

『あっはは!　なにそれ!　楽しそうねぇ!』

「楽しそうですねぇ」

マーティナの絵は、それこそ水を得た魚のようにしゃべりまくる。

それに、一人だけ戦々恐々とする者がいた。

シャルベリの竜神ともその生贄達とも縁がなく生きてきた、ボルトである。

「ど、どうして絵がしゃべってるんですか？　どうして、閣下はあんなに平然と会話をなさってるんですか!?　少佐も、どうして驚かないんですかぁ!?」

「いやー、もうシャルベリでは……というか、閣下ご夫婦の周りでは、ああいう摩訶不思議な現象は日常的茶飯事なんで。いい加減感覚が麻痺してきているっていうか」

「ぼ、僕……お化けとか、呪いとか、そういうのダメなんですうっ!!」

「あー、大丈夫大丈夫。呪われてたとしても、閣下だけだからねー」

ここまでの大人びた振る舞いはどこへやら。

ボルトはブルブルと震え、苦笑いを浮かべるモリスの背中に逃げ込んだ。

その間にも、シャルロとマーティナの絵の会話は続く。

「実は、正面の扉に鍵をかけられまして……おそらく隠されていたであろう奥の扉が開いたので進もうと思うのですが、どこに繋がっているのかご存知ありませんか？　妻を一人で敵陣に残してきてしまっているので一刻も早く外に出たいのです」

『あらまあ、それは一大事！　私はここではまだ新入りだから、先輩達に聞いてみるわね！』

先輩達、というのは、古くからここに収められていた品々のことだろう。

この宝物庫に眠るのは、かつては王家が所有していた古い時代の物ばかりである。物は物同士、通じる言葉があるのか。マーティナ以外の物の声はとんと聞こえないものの、心無しか宝物庫の中がざわざわとした雰囲気になる。

ひええっ、と悲鳴を上げたボルトが、ついにモリスの背中にしがみついた。

『――ふん、ふんふん、なるほどねー。分かったわ、先輩方！　どうもありがとう！』

「活路は開けましたでしょうか？」

『ええ、どうやら奥の扉の向こうにはまだ部屋が続いていて、そのずっと突き当たりに屋敷の方に通じる秘密の通路があるみたいよ。ずっと昔の家主はごく稀《まれ》にそこから出入りしたんですって』

「昔とは、サルヴェール家に屋敷が下げ渡される前のことでしょうか。その頃ここは王家の別荘だったはずですから、家主とはつまり当時の国王陛下。秘密の通路が有事の際の脱出用だとすれば、繋がっているのはおそらく国王陛下が寝泊まりをした主寝室、あるいは書斎か……」

ともあれ、塞がれた扉以外にも外に通じる道が存在するというのが単なる推測ではなくなったのだ。

シャルロはマーティナの絵を小脇に抱えると、蹴破った奥の扉の先へと足を進めた。モリスとボルトもそれに倣《なら》う。

隠し扉の先には、まだ宝物庫が続いていた。

進むにつれて明かり取りの窓からの光が届きにくくなる中、周囲に積まれた〝先輩方〟の声を拾ったマーティナの道案内が頼りだったが、彼女のおしゃべりはそれだけに留まらない。

ねえねえ、と自分を抱えたシャルロにしきりに話し掛けた。

『その、一人敵陣に残してきちゃったっていう奥さん、どんな子？』

「この世の可愛いを凝縮して生まれたような、非常に尊い存在――もはや奇跡です」

『あっはは、真顔で言うわね！　そんな奇跡の申し子を、どうしてこんなきな臭い所へ連れてきちゃったわけ？』

「そう、それなんですが……」

ここで、シャルロは後ろに続くボルトを振り返り、ひたりと見据えて問うた。

「そもそも、陛下は何故絵の回収などと、我々に別の名目を与えたんだろう。大捕り物に巻き込まれる危険性があるなら、パティはメテオリット家で待たせてもらったのに……。敵を欺《あざむ》くにはまず味方から、というやつだろうか。ボルトは何か知っているかい？」

「いえ閣下、申し訳ありません。陛下のお考えは僕には分かりかねます。ただ、閣下ご夫婦を必ずサルヴェール家までお連れしろ、と固く命じられました」

マーティナの絵に対していまだ警戒しているらしいボルトは、モリスを盾にしたままおずおずと答える。

「ご夫妻を、ねえ……何だか、パトリシア様の存在も必須だったって感じに聞こえますね」

続く眉間に皺を寄せたモリスの言葉に、シャルロも黙って頷いた。

宝物庫はとにかく長く、まだまだ先がある。

マーティナの絵も飽きもせずにしゃべり続けた。

『それにしても心配だわねぇ。竜神様の化身とやらからあなた達が閉じ込められたなんて聞いたら、そのパトリシアちゃんはさぞ不安がることでしょう』

「そう！　そうなんです！　あー！　どうして私は、パティを一緒に宝物庫に連れてこなかったんだ！　あの時の自分を張り倒してやりたいっ!!」

「いやいや、閣下。連れてきたら連れてきたで、なんでこんな埃っぽい所に連れてきてしまったんだー、って絶対後悔してましたって」

とたんに頭を抱えてその場に踞《うずくま》るシャルロの背中を、モリスは容赦なく拳でゴンゴンと叩く。

相変わらず、上司を上司とも思わない振る舞いである。

そんな主従を目を丸くして見ていたボルトがぽつりと呟いた。

「叔母の言ってた通りだ。閣下は本当に、奥様を心底可愛がっていらっしゃるんですね」

そうして、確かにお人形みたいに可愛らしい方ですもんね、と続けたとたんである。

すっと立ち上がったシャルロが、彼を振り返って口を開いた。

「私がパティを心底可愛がっているのは確かだよ。だが、彼女が可愛がられるだけの人形のような存在だとは思わないでもらいたいんだ」

「え……？」

きょとんとするボルトに苦笑いを浮かべてみせると、シャルロは再び歩き出す。

モリスは今度はボルトの背中をポンポンと叩いてから、上官の後に続いた。

「私も最初はね、パティが可愛くて愛しくて仕方がないものだから、本当に側にいてくれるだけでいいと思っていたんだ」

暗い宝物庫の中に、シャルロの独白の声が響く。

あれだけおしゃべりだったマーティナの絵さえも、口を噤んでそれに聞き入った。

「けれど、彼女はただ可愛いだけの存在じゃない。真面目で謙虚で、悩みながらも前を向いて歩いていこうとする頑張り屋さんだ。側に居てくれるだけでいいなんて、そんな失礼なことは口が裂けても言えないと思うくらい、一生懸命に自分の立場に向き合おうとしている」

パトリシアがシャルベリ辺境伯夫人として一人前になろうと日々奮闘していることに、シャルロもちゃんと気付いていた。

気負いすぎてはいまいかと、心配になる時も多々ある。

そんなに頑張らなくてもいい。君は、にこにこ笑ってくれているだけでいいんだ――なんて言葉が、口をついて出そうになったこともあった。

しかし、彼はぐっとそれを抑え込んだ。

一見パトリシアを思い遣っているようだが、結局は彼女の努力も尊厳も踏みにじることになってしまうと気付いたからだ。

「パティを見ていると、この人の伴侶として恥じないように日々精進しようと思わされる」

そう言って振り返ったシャルロの顔には、力強い笑みが浮かんでいた。

暗闇に慣れ始めた目でそれを認め、無意識に足を止めたボルトの背中を再びポンポンと叩きながら、モリスも笑顔になって続ける。

「実際、パトリシア様の毎日はとーっても大変なんですよ。閣下の面倒を見がてらお姑様からシャルベリ辺境伯夫人の仕事を学び、閣下に邪魔をされつつ乳児の相手をし、閣下を背中に張り付かせながらお茶会の手配をし、挙げ句の果てには閣下がベッドまで付いてくる——うわ、ちょっとお気の毒が過ぎる」

「おい待て、モリス！　それだと、私がパティに迷惑をかけているみたいじゃないか⁉」

「ははっ、迷惑だと思われていないといいですねー、閣下！」

「モリ————ス‼」

そんな二人のやり取りを、ボルトはぽかんとして見つめるばかり。

対して、それまでおとなしくシャルロの話に聞き入っていたマーティナの絵がころころと笑う。

『素敵な子なのね、そのパトリシアちゃんって。会うのが楽しみだわ』

「ええ、私もあなたに彼女を紹介したいです——一刻も早く」

やがて一行の眼前に高い壁が立ち塞がる。

宝物庫の行き止まりかと思ったが、壁際にどっしりと立つ古い像——鎧を纏った屈強そうな兵士の像だが、顔が竜——の足の間に、人ひとり這って潜《くぐ》れるくらいの小さな扉を発見した。

しかしながらこの扉、押しても引いても開く気配がない。鉄製で、今度ばかりは蹴破るのも不可能なようだ。

どうしたものかと唸るシャルロ達に光明をもたらしたのは、またしてもマーティナの絵だった。

『そもそもは有事の際の脱出口だから、うっかり反対側から敵に潜入されないように出入口には細工が施されているんですって。この扉を開くには――ほら、上よ。上をご覧なさい』

マーティナの絵の言葉に、三人は揃って壁を見上げる。

そうして、門番の像の頭上高くに、その顔と同じ竜の顔の浮き彫りを発見した。

『壁に嵌まっているあれを押し込めば、留め具が外れて扉が開くんですって。そこの門番が言っているわ』

「なるほど、この像は門番でしたか。しかし……かなり長いものでないとあそこまでは届かないな……」

かつては門番の像が持つ長い槍が使われたそうだが、残念ながらすでに経年劣化により折れて短くなってしまっていた。

他に何か使えるものはないか、と三人の男達は手分けして周囲を探す。

そんな時、シャルロの目に留まったのは……

「これで、あの竜の浮き彫りを射れば――」

典礼用と思《おぼ》しき、豪奢な装飾の付いた弓矢だった。

第六章　哀れな落ちこぼれ

「ぴぎゃあ！　ぴみぃぃぃ‼」

「あっはっは、すんごい声だ」

「みゃあああああ‼」

「いやいや、そんな全身全霊で拒まれると——おじいちゃん、逆に燃えちゃう」

金色の瞳を爛々《らんらん》と輝かせて迫る相手に、私は短い手足を必死にばたつかせて抵抗した。


メテオリット家の祖先である始まりの竜。

伝説に登場する、初代アレニウス国王の末王子を育てた母竜ではなく、その番《つがい》だというルイジーノ——ジジ様は、私とそっくりなちんちくりんの子竜だった。

とはいえ、彼は生粋の竜だ。

単なる先祖返りでしかない上に落ちこぼれの私とは違い、姿を変えるのも思いのままである。

一瞬にして、真っ白い子竜から白髪の美青年に変身し、惜しげもなくその裸体を晒した。

きゃっ、と——実際は子竜の状態なので、ぴゃっ、だったが——悲鳴を上げてちっちゃな手で両目を覆う私を、さもおかしそうに笑う。

「初心《うぶ》だねぇ。おまえ、曲がりなりにも人妻だろう？　男の裸を見たことがないわけでもあるまいに」

とたん、ジジ様よりもずっと逞しい閣下の身体を——ぎゅっと抱きしめられて触れ合う素肌の感触まで思い出してしまい、私は真っ赤になって叫んだ。

「んんんみゃー!!」

「あー、はいはい。ほら、もう服を着たよ。おまえも早く人間の姿にお戻り。竜が本来の姿なぼくと違って、おまえはそもそも人間として生まれたのだろう？」

ジジ様の言葉に、私はたちまちぐっと唇を噛み締める。

竜から人へ、あるいは人から竜へ自在に姿を変える——そんな、メテオリット家の先祖返りとして当たり前のことさえ、私にはできない。

物心ついた頃から抱いてきた劣等感が、私の中で頭を擡《もた》げてくる。

ひどく惨めな気持ちになりながら、自力では人間の姿に戻れないのだと告げた私に、ジジ様は目を丸くした。

「おやまあ、それは不便だね。じゃあ、いつもはどうやって元に戻っているんだい？」

『あの、一晩ぐっすり眠ったりして心拍数が落ち着いたら、自然と戻れるんです……』

「ふーん……他には？」

『ほ、他には……あの、その、えっと……』

メテオリット家の先祖返りは精神力が強く、自分自身を制御することで人間にも竜にも自在に変化可能である。

一方、著しく心が乱れている時や、私のように自力でどうこうできない場合は、好いた相手のキスによって早急に人間に戻ることができた。

しかしながら、子竜になる度いつも閣下にキスしてもらっている、なんて告げるのは恥ずかしい。

散々言い淀んだ末、側にお座りしていたロイにしがみついて口を閉ざしてしまった私に、ジジ様が片眉を上げげた。

「他にも方法はあるんだね？　しかも、どうやら初心なパティには口にしづらいような方法が」

『……』

彼は、完全に貝になった私をひとしきり眺めたと思ったら、ふいに視線を足元に落とす。

そうして、私に対するものとは正反対の、凍て付くような声で言った。

「ねえ、そこのケダモノの眷属。発言を許そう。知っていることがあるのなら言ってごらんよ」

とたんに、ビクンと震えたのは小竜神だ。

小竜神は、私とジジ様の顔をおろおろと見比べていたが……

「早くおし。その首をちょんぎるよ」

『ひい……』

長身を屈めたジジ様に指でちょんと額をつつかれると、とたんにペラペラとしゃべり出した。

私が、真実好いた相手からのキスで人間の姿に戻ること。すでに何度もそうしてきたことを、小竜神は私に対して申し訳なさそうな顔をしながらも打ち明ける。

その結果が、冒頭の私とジジ様のやり取りに繫がるのである。

「真実好いた相手ってことは、ぼくのキスでもいけるよね？　パティは、おじいちゃんのこと好きになったでしょう？」

「ぴゃあああ‼」

まったくもって羨ましいくらいの自己肯定感の高さだ。

ぐいぐいと真正面から迫ってくる美しい顔を、私は子竜の短い両手を突っ張って必死に遠ざけようとする。

「なんで拒むのかな？　ぼくとおまえの仲じゃないか」

『きょ、今日が初対面ですもんっ‼』

「竜の姿は瓜二つだっていうのに？」

『それとこれとは話が別ですー‼』

結局、拒みに拒んだ末、唇だけは死守したが、代わりにほっぺにちゅううっと熱烈なのを賜った。

しかしながら、それで私が人間の姿に戻れるわけもなく……

「何だい何だい、妬けちゃうね。おじいちゃんのキッスじゃだめなのかい」

『う、うう……ごめんなさい』

「おまえの夫――シャルベリの今の領主だっけ？　そいつに、ちょっと物申さないと気が済まないな」

『――はっ、そうだ！　閣下達っ!!』

ジジ様の口から閣下の話題が出たことで、私はたちまち我に返る。

閣下と少佐とボルト軍曹が、陛下ご所望のマーティナの絵を探しに入ったサルヴェール家の宝物庫に閉じ込められているのだ。

小竜神の話では、宝物庫の扉に鍵をかけた上、前に荷物を置いて開かなくしたのは家令の仕業らしい。

いったいどうして、家令はそんなことをしたのだろうか。

しかも、ジジ様によれば、家令にそうさせたのは彼の主人である現サルヴェール当主のマーティナだという。

あんなにたおやかで寛容で、慈愛に満ちた素敵な人だと思ったのに、と私は動揺せずにはいられなかった。

とにかく、一刻も早く閣下達を救出しなければならない。

正面の扉以外に宝物庫に出入りする方法はないのだろうか。

そう尋ねる私に対し、ジジ様はとたんに不貞腐れたような顔をした。

「なんで、ぼくの可愛い可愛い孫がシャルベリの人間なんかのために動かなきゃいけないわけ？」

『えっ……だって、閣下は私の……』

「そもそも、おまえがシャルベリにお嫁に行ったこと自体、おじいちゃんは納得がいかないんだけど？」

『そ、そんな……どうしてですか？』

ジジ様がシャルベリに対して敵意を剝き出しにする理由が分からず、私はロイにしがみついたままおろおろする。

小竜神は相変わらずジジ様の足元に這いつくばり、まるで蛇に睨まれた蛙のように固まって、自由に発言することさえできないでいた。

過去にジジ様と小竜神、いや竜神そのもの、あるいはシャルベリの人間との間に、いったい何があったのだろうか。

ジジ様は縋《すが》るように見上げる私を両手で抱え上げ、よしよしと頭を撫でてくれる。

その手は慈愛が溢れんばかりだが、小竜神を見下ろす眼差しはまたぞっとするほど冷たかった。

「シャルベリの領主の一族が、そもそもどうしてケダモノに生贄を捧げることになったのか――どうやら、ぼくとおまえ以外はもう知らないようだねぇ」

小竜神の身体が哀れなほどにブルブルと震え出す。

それを興味なさげに一瞥《いちべつ》した後、ジジ様は抱っこした私に向かって子守唄を歌うみたいな優しい声で続けた。

「おじいちゃんが教えてあげようね、可愛いパティ。——シャルベリのやつらが辿った因果応報の歴史を」

高い山脈に囲まれた土地柄のせいで、かつてシャルベリ辺境伯領は深刻な水不足に苦しめられていた。

そのため貯水湖が干上がると、神殿に生贄を捧げて竜神を呼び寄せ、雨乞いをしたらしい。

尊い乙女達の命と引き換えにシャルベリの地に雨をもたらし、神と崇められるまでになった竜神だが、もともとは長く生きただけのケダモノでしかなかったという。

ただのケダモノに分別などあろうはずもない。

彼が最初に生贄を食らったのも、単にその時腹が減っていたからに過ぎず、人間達の願いを叶えてやろうとしたわけではなかった。

それなのに、雨が降った——いや、降ってしまった。

これにより、〝竜に生贄を食わせたら雨が降った〟という実績が生まれ、以降日照りの度に生贄が差し出される事態に繋がってしまったのだ。

竜神の、望むと望まざるとにかかわらず。

「だけどねぇ、不思議だと思わないかい？　ただのケダモノが、人間の娘一人食っただけでなぜ雨を降らすほどの力を手に入れることができたんだろうって」

『そ、それは、確かに……』

当時、竜神の話を小耳に挟んでそのことに疑問を抱いたジジ様は、こっそりシャルベリを訪れて真相を探ったのだという。

そうして判明したのは、シャルベリに対するこれまでの認識を覆《くつがえ》すような事実だった。

「理由は簡単だった。ケダモノが食らった最初の生贄が、そもそもただの人間ではなかったんだ」

『ただの人間じゃなかったって……でも、シャルベリの当時の領主の娘さん、ですよね？』

「いいや、違う。あのね、パティ。こいつが最初に食らった娘の正体は、ぼくの子孫でおまえの祖先――メテオリット家の子だったんだよ」

『ええっ？　メ、メテオリットの!?』

思いも寄らぬ話に言葉を失った私は、呆然と小竜神を見た。

私の視線を感じてか、それとも相変わらず冷ややかなジジ様の眼差しに怯えてか、子竜のぬいぐるみ姿の小竜神はブルブルと震えている。

「最初の生贄の名はアビゲイル。家族からはアビーと呼ばれていたそうだ」

『アビー……』

まだ竜の血の影響が強く残り、立派な先祖返りが頻繁に生まれていた時代のことである。

そんな中で、アビゲイル・メテオリットはただの人として生まれ、竜の姿になれる先祖返りの姉や妹に対してひどい劣等感を抱いていたという。

ちんちくりんの落ちこぼれ子竜にしかなれないなら、いっそ先祖返りじゃなく普通の人間として生まれたかった——私は何度もそう思ったことがあるが、当時のメテオリット家の女にとってはそれもまた苦痛だったのだろう。

「かわいそうにね。先祖返りであろうとなかろうと、ぼくの子孫には変わりないのに……」

ぽつりとそう呟くジジ様の声は、哀れみに沈んでいた。

しかしながら、ジジ様の話が真実だとして、どうして最初の生贄がシャルベリの領主の娘なんてことになっているのだろう。

そもそも、何故シャルベリと無関係のメテオリット家の娘が、自らを捧げるような事態に陥ったのか。

そんな私の疑問に、ジジ様は美しい顔に獰猛《どうもう》そうな笑みを浮かべて答えた。

「語り継がれる話が真実とは限らない。その時代時代の権力者の都合のいいように、簡単に歪められてしまうものさ。シャルベリ家はアビーの命と引き換えに降った雨を、自分達の手柄にしたんだ
——そして、呪われた」

『の、呪われた……？』

呪い、だなんておどろおどろしい言葉に、私はごくりと唾を呑み込む。

最初の生贄の乙女アビゲイルは、実はメテオリット家から嫁いできたシャルベリ領主の妻だった。

当時のメテオリット家の娘にとって、シャルベリのような辺境地に嫁に出されるのは厄介払いも同じ。

しかも、親子ほど年の離れた男の後妻という屈辱に、アビゲイルは絶望する。

さらにその時、シャルベリでは日照りが続いており、人々の心は殺伐としていてただでさえ余所者のアビゲイルには居場所がなかった。

そんな彼女が、干上がった湖の片隅で渇いて死にそうになっているケダモノに出会ったのは偶然か、あるいは運命か。

メテオリット家には戻れない。シャルベリ家にもいたくない。

孤独に苛まれ失意のどん底にいたアビゲイルは自暴自棄になっていたのかもしれないし、哀れなケダモノに同情したのかもしれない。

ともあれ、彼女が自らを捧げたことによって雨が降ると、夫であるシャルベリ領主はその死を悼《いた》むどころか、自分の手柄にして領民の支持を得ようとした。

その際、王都から迎えた妻を犠牲にしたと知れると外聞が悪いため、前妻との間に生まれていた自分の娘を泣く泣く捧げたという話をでっち上げて。

「そのせいで、以後シャルベリの領主は日照りの度に娘を生贄にしなければならないという業を負ったわけさ」

その業を、ジジ様は〝呪い〟と称したのである。

竜神が雨を降らす力を得たのは、アビゲイルの血から水を司る竜である自分の力の片鱗を得たからだろう、と彼は言う。

子孫を食らって力を掠め取った竜神の存在は気に入らないが、生粋の竜であるジジ様にとっては取るに足らない存在だった。

あえて放置したのは、竜神が存在することにより、アビゲイルを蔑ろにしたシャルベリ家が呪いを受け続けるからだ。

シャルロッテ、シャルロッタ、シャルロット、マーガレット、マーティナ、そうして七番目の生贄の乙女も、その犠牲者だった。

『後の時代の娘さん達に、罪はないのに……』

「親が犯した罪の報復を子が、孫が、子孫が食らう。因果応報とはそういうものだよ」

ジジ様が謳うような声で残酷な言葉を紡ぐ。

小竜神はこの期《ご》に及んでもまだブルブルと震えるばかりであった。

もちろん、ジジ様の話が真実だとして、自分の先祖であるアビゲイルがかつてシャルベリ家によって苦渋を強いられた事実があろうと、私が閣下達シャルベリ辺境伯家の人達を疎むことなどあるはずがない。

けれども、ジジ様は違った。

「まあ、アビゲイルに対する当時のメテオリット家のやり方に思うところがないわけではないけどね。ともあれ、ぼくはシャルベリが気に入らない。いったい、どの面下げて再びメテオリット家の娘を嫁に迎えたんだか。恥知らずもいいところだよ」

『でも、アビゲイルの話は誰も知らないから……』

「無知は罪だよ。知らなかったから許されるなんて、思わないでもらいたいね」

『ジ、ジジ様……』

宝物庫に閉じ込められた閣下達を助けるのに、どうやらジジ様の協力は得られないようだ。

とはいえ、サルヴェール家の外に助けを呼びに行こうにも、今の私は子竜の姿。

紙とペンを調達して事情を書き記し、ロイに咥えて持っていってもらおうか、と考えていた時だった。

バタバタと慌ただしい足音が聞こえてきて、私はとっさにロイとともに近くの茂みに逃げ込む。

それと入れ替わりに、池の畔に佇むジジ様の前に現れたのは、サルヴェール家の家令だった。

「おい、ルイジーノ！　女の子を見なかったか？　軍服の連中と一緒に来た、ピンクの髪の子だ！」

「……さあね、どうだろう。その子が何か？」

「マーティナ様が席を外した隙に姿を眩ましたんだ！　何かを察して逃げたのかもしれない！　くそっ、こんなことなら、さっさと縄でも縛っておくんだった‼」

「ふーん」

気のない返事をするジジ様に、家令はちっと舌打ちをしてから、使えねえやつ、と吐き捨てる。

呆れるほど粗野な態度だが、これが彼の素なのだろうか。

家令はジジ様をキッと睨むと、私を見かけたら捕まえておくよう偉そうに言い残し、またバタバタとどこかへ駆けていった。

それを見送ったジジ様が茂みに隠れていた私達を覗き込む。

「パティを捕まえておけってさ」

『……』

「何様だろうね、あいつ。あれの言いなりになるのは気に食わないから、おまえを捕まえたりはしないよ」

『あ、ありがとうございます』

ほっとして礼を言う私に、ジジ様はやれやれと苦笑いを浮かべる。

そして、いきなり脇の下に手を入れられたかと思ったら、茂みから引っこ抜くみたいにして抱き上げられた。

「あーもー、シャルベリは気に食わない！　でも、可愛い孫ちゃんの力にはなってあげたい！　おじいちゃんは悩ましいよー‼」

『ジ、ジジ様！　お願いします！　閣下は……夫は、大切な人なんです！　私にとっても、シャルべりにとっても!!』

「う、ううう～ん……」

『私、閣下を助けたい！　ちゃんとジジ様に――私のおじい様に紹介したいです!!』

「あ～ん、かわいい～!!」

ここぞとばかりに懇願する私を、ジジ様は悩ましげな声を上げながらぎゅうぎゅうと抱き締める。

そうしてひとしきり頬擦りしたかと思ったら――

「ぴゃあああ!?」

いきなり、ぽいっと宙へ放り投げたのである。

私はとっさに背中の翼を羽ばたかせ、何とか無事近くのバルコニーに着地する。

けれども、それだけでは終わらなかった。

続いてジジ様は、ロイと小竜神まで抱え上げて放り投げたのである。

ただし、前者はきちんと狙いを定めたようだが、後者はかなり適当に。

私達が着地したのは、ともに三階のバルコニーだった。

何が何だか分からず、目を丸くして顔を見合わせている私達に、池の畔に留《とど》まったジジ様が小声で――竜譲りの耳でしか拾えないくらいの、小さな小さな声で言った。

「そこね、当主の部屋。宝物庫への秘密の抜け穴に通じる扉があるって話だから、探してごらん」

それを聞いて、ぱっと顔を輝かせた私は、礼を言いかけたものの――

「みっ⁉」

次の瞬間、慌てて両手で口を覆う。

「ルイジーノ！　あなた、こんな所にいたの‼」

マーティナが、ジジ様の胸に飛び込む光景が目に入ったからだった。


サルヴェール家当主の部屋――つまり、現在はマーティナの部屋であろう三階角部屋。

ジジ様の手によりそのバルコニーに上がった私とロイと小竜神は、大きな掃き出し窓からおそるおそる部屋の中を覗き込んだ。

どうやら主寝室のようで、がらんとした広い部屋の隅に大きなベッドが一つ置かれている。

幸い、窓の鍵が開いていたため、私達は難なく忍び込むことに成功した。

宝物庫への秘密の抜け穴――その入り口となる隠し扉とやらを探し出し、一刻も早く閣下達を助けに行きたい。

私達はその一心で、手分けをして部屋の中を捜索する。

そんな中、ジジ様のせいでぐっと口数が減っていた小竜神がおずおずと声をかけてきた。

『パトリシアは……我を、嫌いになったか？』

『えっ？』

唐突な質問に、壁際を探っていた私は思わず小竜神を振り返る。

見るからに消沈した様子の子竜のぬいぐるみは、ボソボソとした声で続けた。

『我は……メテオリットの娘を――パトリシアの先祖を食らって力を手に入れた。それを……我はパトリシアに黙っていた』

『そ、そう……ですね』

『言えなかったんだ。だって……パトリシアに、嫌われたくなかったから……』

『小竜神様……』

竜神の前身は、ただのケダモノであったという。

理性も知性もなかったケダモノが、人間とそれ以外の動物を区別するわけがない。

最初にアビゲイルを食べたのは、彼女がメテオリット家の娘であったからでも、シャルベリ領主に冷遇される後妻だったからでもない。

ケダモノは単に腹が減っていて、その時目の前に獲物があったから食った、それだけのことだ。

アビゲイルを食らったことによって雨を降らせる力を得たのは、まったくの偶然だった。

それにジジ様の話によると、自らの血肉を竜神の前身に与えることを望んだのはアビゲイル自身。

だから……

『アビゲイルの最期《さいご》はとても悲しいですけれど、小竜神様が――竜神様が悪いわけじゃないと思うんです』

そう答えた私を、小竜神が縋るような目で見上げる。

ロイも側に寄ってきて、慰めるみたいに小竜神の顔をペロペロと舐めた。

微笑ましい光景に、私はくすりと笑って続ける。

『だから、小竜神様のことも竜神様のことも嫌いになったりしませんし、もちろん閣下——シャルベリ家の皆さんにも負の感情を抱いたりしません。だって私、今のシャルベリが大好きですもの』

『パトリシア……』

『さあ、早く隠し扉を見つけて閣下達を助けに行きましょう。眷属の子は、小竜神様にとって大事なんでしょう？』

『うん……大事、だ。——アビゲイルが繋いだ命だから』

その時である。

突然、ガチャ、と音がして、扉の取手が動いた。

びっくりして飛び上がった私とロイと小竜神は、とっさにベッドと床の間に潜り込む。

扉が開いたのは、それと同時だった。

「——もう少し、もう少しで全て上手《うま》くいくはずだったのに！　どうして、王都から軍人なんかが来るのよっ!!」

「まあまあ、落ち着きなよ。彼らは絵を探しに来ただけだろう？」

「絵なんて口実に決まっているわ！　現に、一番若い子なんていきなり宝物庫を見せろなんて迫ってきたんだもの！　私達の計画に勘付いて探りに来たんだわ！」

「でもさ、結局そいつら、宝物庫に閉じ込めちゃったんだろう？　だったら、そんなに焦る必要はないんじゃないのかな」

主寝室に入ってきたのは、ジジ様とマーティナだった。

ジジ様はいらいらした様子のマーティナの肩を宥めるように抱きつつも、ベッドの下で息を潜めている私達にこっそり片目を瞑って見せた。

それに気付かず、マーティナは爪を噛みながら続ける。

「男達は閉じ込めたけれど、一緒に来た女の子を逃がしてしまったわ！　鈍臭そうな箱入り娘だから、取るに足らないと思っていたのにっ‼」

「へえ……随分な評価だねぇ」

ジジ様が、ちらりと気遣わしそうな視線を私に向けた。

私はぐっと唇を噛み締めて、床を睨む。そうしなければ、泣き出してしまいそうだったからだ。

先ほど、マーティナを善良なサルヴェール家当主と疑わずお茶の席を囲んでいた時、大好きな姉を褒められて嬉しかった。

私の緊張を解《ほぐ》してくれた彼女の声は慈愛に満ちていて、掌は柔らかく温かかった。

たおやかで、寛容で、機知に富んだマーティナの姿は、まさに私が理想とする大人の女性像そのもの。

シャルベリ辺境伯夫人として閣下やシャルベリのために何ができるのか模索していきたい。

そう告げた私を、彼女は立派だと褒めてくれたのだ。

社交辞令もあるかもしれないが、お手本にしたいと思える相手に志《こころざし》を認めてもらえて素直に嬉しかった。

それなのに……

「あの子の姉は、王宮でも一目置かれるような遣り手よ。でも、妹の評判なんて聞いたことないわ。出来のいい姉の陰にすっかり埋もれてしまったのね」

「ふうん……」

「あげく、シャルベリなんて僻地に嫁に出されてしまって——哀れなことこの上ないわ」

「哀れ、ねぇ……」

私は床にぎゅっと額を押し付けて、ブルブルと震えていた。

突っ伏したその後頭部を、ロイが慰めるみたいにペロペロと舐める。

小竜神も子竜のぬいぐるみの小さな手で、私の背中をしきりに撫でた。

悲しくて、悔しくて、ひどく惨めな気持ちになった。

でも、それ以上に私の心を占めたのは、荒れ狂うような激しい怒りだ。

『シャルベリに嫁いだことは、哀れまれるようなことじゃない！　私は、閣下のことが好きになって、シャルベリが好きになって、そうして祝福されて嫁いだんだからっ‼』

今すぐベッドの下から飛び出して、そうマーティナに言ってやりたかった。

私は確かに、出来のいい姉の陰に埋もれていた落ちこぼれだけど、閣下はそんな私を認めて、選んで、愛してくれたのだ。

哀れだなんて、何も知らない彼女に言われたくない。

とはいえ、子竜の姿をうかつに晒すわけにもいかないし、何より今一番優先されるのは、閉じ込められた閣下達の救出である。

そのためには、マーティナにこの主寝室から出ていってもらって、隠し扉を探し出さなければならない。

こうなったら、ジジ様だけが頼りだ。

早くマーティナをどこかへ連れ出して——そう、必死に念じていたにもかかわらず、とんでもないことになった。

ジジ様とマーティナが、真っ昼間からベッドの上でおっ始めてしまったのだ。

(うわぁあああん!!)

ギシギシ、とベッドが軋《きし》む。

二人の息づかいやマーティナのあられもない嬌声を間近で聞かされることになり、私はまさしく顔から火が出そうだった。

両手で耳を塞いだところで気休めにもならず、今ばかりは竜譲りの聡い耳を恨まずにはいられない。

ところが、その耳がふいに情事以外の音を拾った。

トン、トントン、トン、トントン

一定の韻律《リズム》で床を叩く音が聞こえ、私はぱっと顔を上げる。

すると、ベッドの上から伸びたであろう手が、トントンと人差し指の先で床を突《つ》いているのが見えた。

男性の――ジジ様の手だ。

とっさにトントンと床を叩いて返すと、私が合図に気付いたことが伝わったのだろう。

床を突いていたジジ様の人差し指が、どこかを指差した。

じりじりとベッドの下を這ってジジ様の手に近付いた私は、彼が指し示す場所を見てはっとする。

そこには、今さっきジジ様とマーティナが入ってきた廊下に続くものとは別の扉があった。しかもジジ様がこっそり開けたのか、わずかに隙間ができている。

やがて、ベッドの上の盛り上がりが頂点に達する。

私は意を決してその下から飛び出し、ジジ様が指差した扉へと全速力で駆けた。

耳に纏わり付いてくるマーティナの嬌声を、必死に振り払って、走る、走る、走る。

ロイと小竜神も足音を潜めて付いてきた。

そうして、飛び込んだ扉の向こうで――

『――ひっ！』

私の足はたちまち竦んだ。

大きな大きな犬が一匹、窓辺に鎮座していたからである。

サルヴェール家当主の寝室と一枚の扉で繋がっていたのは、こぢんまりとした書斎だった。

壁一面に作り付けられた本棚にはぎっしりと書物が詰め込まれている。

古い書物の匂いが閉め切った部屋の中に充満し、独特の雰囲気を醸し出していた。

窓からは午後の日の光が緩やかに差し込み、小さな木の机と椅子を照らしている。

今まさに私や閣下達が巻き込まれているサルヴェール家の騒動などとは無縁の、安穏とした静かな時間が流れていた。

本当なら、ここで一息吐いて心を落ち着け、仕切り直したいところだ。

けれども私に限っては、それは叶わなかった。

何故なら——

『あわ、あわわわわわ……』

『パトリシア、しっかり』

「くうん……」

大きな大きな犬が一匹、窓辺に鎮座していたからである。

口の周りから目にかけては黒、それ以外は赤褐色の毛むくじゃらの、ロイよりも馬に近いんじゃないかと思うくらいとにかく巨大なそれは、私達が客間でマーティナと対面していた際に入ってきた犬だ。

確か、前サルヴェール家当主――ボルト軍曹の父親の愛犬で、名前はアイアス。

まったく懐かない、とマーティナが言っていたのを思い出す。

それがじっとこちらを――そうでないと思いたいのは山々だが、ロイでも小竜神でもなく、私をじっと見つめているのだ。

正直、生きた心地がしなかった。

ジジ様の前で動けなくなった小竜神を、蛇に睨まれた蛙のようと称したが、今の私もまさにそれだ。

ドクッ！　ドクッ！　ドクッ！　と鼓動が異常なほど激しくなる。

強烈な勢いで心臓から吐き出された血液が、凄まじい速さで血管の中を駆け巡った。

全身に張り巡らされたありとあらゆる毛細血管の先端にまで、古来より受け継いだメテオリット家の血が行き届く。

とはいえ、幸いと言っていいのかどうかは甚《はなは》だ疑問だが、すでに子竜になってしまっている今は、私の身体がこれ以上の変化を遂げることはなかった。

アイアスの方も、じっと私を見つめてはいるものの、窓辺から動く気配はない。

『こんなところで立ち止まってちゃだめだ。閣下達を助けないと』

私はそう自分に言い聞かせると、大きく深呼吸をして心を落ち着ける。

そうして、極力アイアスを視界に入れないよう努めながら、改めて書斎の中を見回した。

扉の対面の壁と、向かって左手の壁は一面本棚になっており、右手が窓になる。

出入口は、表向きは私達が入ってきた寝室に続くものだけのようだ。

さっき、ジジ様とマーティナが入ってきた扉の方向を鑑《かんが》みれば、廊下は左手に位置している。

当主の私室は角部屋のため、扉の対角の壁の向こうに部屋はないはずだが、もしかしたら秘密の抜け道が隠されている可能性はあるまいか。

『動かせる本棚がないか、探ってみよう！　ロイ、小竜神様、手伝って！』

「わんっ」

『わかった』

本棚は前後に棚が組み合わされており、それぞれが可動式になっていた。

扉一枚隔てた寝室にいるマーティナに気付かれないよう、子竜の私とロイと小竜神が力を合わせて、慎重かつ迅速に本棚の位置を組み替えていく。

やがて、カチ、と何かが嵌まるような音がしたかと思ったら、これまで横にしか動かなかった棚がぐるりと回転させられるようになった。

さっそく、前後にある棚をずらしてそれぞれ九十度回すと――

『あっ……あった！』

今まで見えなかった壁の一部が覗き、質素な木の扉が現れたのである。

これで、閣下達を助けに行ける。

そう思った時だった。

「ぴっ⁉」

視界の端で山が動く。

それまで、まるで置物のように微動だにしなかったアイアスが、突然のそりと立ち上がったのだ。

そうして、のし、のし、のし、とゆっくりとこちらに向かって歩いてくる。

私は恐怖のあまり後退《あとずさ》り、隠し扉に背中を押し付けてブルブルと震えた。

すかさずロイが、私を背に庇うようにしてアイアスと向かい合う。

けれども、そうして並ぶとアイアスの巨大さが際立って、ますます恐しくなった。

いくらロイが強くて勇敢な軍用犬でも、あまりにも体格に差がありすぎる。

『ロ、ロイ！　だめだよ！　逃げてっ――‼』

アイアスのことは恐ろしい。だが、ロイが傷付くことの方がもっとずっと恐ろしかった。

私は無我夢中で前へと飛び出し、横っ腹に体当たりをするようにして、彼をアイアスの軌道から外す。

その結果、真正面から至近距離でアイアスと向かい合うことになった私は――

『ひゃん⁉』

ぺろんっ、と長い舌で顎から額まで舐め上げられて……腰が、抜けた。

へなへなとへたり込んだ私を、慌てて戻ってきたロイが首根っ子を咥えて避難させようとする。

けれどもそれを阻むように、正面にお座りをしたアイアスが私の頭の上にのしっと顎を乗せた。

『ひぃ、ひぃん……』

ついには泣きべそをかき始めた私に、ロイも小竜神もおろおろとしている。

怖いやら訳が分からないやらで、子竜の小さな頭の中はそれはもう大混乱。

今にも意識が飛んでしまいそうな心地だった。

それでも何とか踏み留まれたのは、ひとえに閣下達を助けなければいけないという思いがあったからこそ。

だって、今まさに私の背後には、閣下達がいる宝物庫に繋がるであろう扉が現れたのだ。

気を失ってなんていられない。

腰なんて抜かしている場合じゃない。

涙は――

『閣下と再会した時のために、とっておかなくちゃ――』

私は自分を奮い立たせると、ブルブルと頭を振ってアイアスの顎を振り払った。

彼はあっさり私を解放したものの、目の前から動こうとはしない。

かといって、私やロイや小竜神に襲いかかる気配もなかった。

ただ、じっ、と何かを訴えるような目でひたすらこちらを見つめている。

ビクビクしながらそれを見返していた私は、ふとあることに気付いた。

アイアスが着けている黒い革の首輪——そのちょうど喉元の辺りに小さな銀色の飾りがぶら下がっているのだが、よくよく見るとそれが鍵のような形をしていたのだ。

くうん、と彼が鼻を鳴らす。

私は、はっとして背後を振り返った。

そして、ここにきてようやく、隠し扉には小さな鍵穴があることに気付いたのである。

『もしかして……その、首輪にぶら下がっているのが、扉の鍵……？』

おそるおそる尋ねた私の言葉を肯定するように、アイアスがずいっとこちらに首を伸ばしてくる。

まるで、早く鍵を取れ、と言われているみたいだった。

私は、ゴクリ、と喉を鳴らして唾を呑み込む。

怖くて、怖くて怖くて仕方がなかった。

やっぱり泣き出してしまいたくなったし、何なら一目散にこの場から逃げ出したい衝動に駆られる。

それでも私は、一生分の勇気を振り絞ってアイアスへと手を伸ばす。

犬への恐怖と閣下への想いを天秤に掛ければ、結局は圧倒的に後者が勝《まさ》るのだから。

『閣下……少佐も軍曹も、迎えに行くから待ってて……！』

ついに手に入れた鍵は、子竜のちっちゃな小指くらいの大きさにもかかわらず、いやにずっしりと重く感じた。

第七章　可愛いが過ぎる

「パ、パパパパパパ、パティ――――!?」

「ぴゃあああんっ!!」

閣下の顔を見た瞬間、もはや涙を堪《こら》えることなど不可能だった。


アイアスの首輪にぶら下がっていた銀色の飾りは、やはり件《くだん》の隠し扉の鍵だった。

扉を開いてすぐに現れた下りの階段を、私達は一気に駆け下りる。

といっても腰を抜かしてしまっていた私は、ロイの背中に乗せてもらって、である。

下り切ると、今度はまっすぐの道がずっとどこまでも続いていた。

出発点である書斎や屋敷自体の位置から考えると、屋敷の西端を壁伝いに南向きに下り、さらに地面の下を宝物庫のある南西へ向かっているようだ。

通路は狭く、大人ひとりがやっと通れるくらいだろうか。

所々に明かり取りの穴は開いているものの随分と暗く、長い間手入れをされていないらしくあちこち崩れてぼろぼろになっている。

伸びた木の根が侵食して、掻き分けないと先へ進めない場所も多々あった。

本当に閣下に会えるのだろうか、とだんだん不安になってくる。

自然と俯いていた私の頰を、小竜神が憑依した子竜のぬいぐるみのふわふわの手が撫でた。

『大丈夫だよ、パトリシア。着実に、眷属の子の気配に近付いている』

『ほ、本当に……？』

「我《われ》が、子らの気配を見紛《みまご》うことなどない。この先で必ず会える。我を信じてほしい」

『うんっ……』

小竜神の言葉に元気づけられ、私は再び顔を上げて前を見据えた。

それからどれくらい進んだだろう。

やがて目の前に、書斎にあったのと同じような木の扉が現れる。

こちらの鍵もアイアスの首輪にぶら下がっていた飾りで開いたのは幸いだった。

そうして潜《くぐ》った扉の向こうに広がる光景に、私は思わず息を吞む。

『わあっ……なに、ここ……』

そこにあったのは、広い広い洞窟だった。

長い年月をかけて自然にできたものなのだろう。頭上からは無数の鍾乳石が垂れ下がっている。

高い天井の所々には隙間が空いており、そこから日の光が差し込むため、洞窟の中は意外にも明るかった。

真ん中は、雨水だか地下水だかが溜まって小さな湖のようになっている。

水底までは光が届かないためはっきりとは分からないが、かなりの深さがありそうだ。

敷地の地下にこんな場所があるなんて、サルヴェール家を訪れた時には思ってもみなかった。

私はしばし呆然と辺りを見渡していたが、ふいに肩に乗っていた小竜神の様子がおかしいことに気付く。

『小竜神様？　どうしたんですか？』

さっきは弱気になりかけた私を励ましてくれたはずの小竜神だが、湖をじっと見つめていたかと思ったら、まるでジジ様を前にした時のように、あるいはアイアスと対峙したさっきの私みたいにブルブルと震え出したのだ。

まさか、湖の中に何かいるのだろうか。

おそるおそるその視線を追おうとした、その時である。

ガコンッ！　という音が、突然洞窟内に響き渡った。

見れば、湖を挟んだ向こう側にも私達が潜ってきたのと同じような木の扉がある。

今の音は、それが洞窟側に向かって吹っ飛んできた音だった。

ぎょっとした私が思わず後退るのと同時に、聞き慣れた声が響く。

「――よし、開いたぞ。ここはどこだ。なんだ、この水溜まりは」

「いや、〝よし〟じゃないですよ、閣下。もうちょっと慎重に行きましょうよ。扉の向こうで待ち伏せされてたらどうするんですか？」

「そいつらの屍《しかばね》を踏み越えてパティに会いに行くに決まってるだろうが」

「うわ、やば……この人、パトリシア様不足で思考がぶっ飛んできてるよ」

お馴染みの緊張感のないやり取りとともに現れたのは閣下と、何やら煌《きら》びやかな弓矢を抱えた少佐だった。

さらに、その後ろからこわごわ顔を出したのは、金色の額縁を抱えたボルト軍曹である。

三人とも、無事だったのだ。

思わず安堵のため息を吐いた私と、湖から視線を上げた閣下。

その瞬間――吸い寄せられるようにしてお互いの目が合った。

そして、冒頭に戻る。

「パティ!?　んんんん!?　どうして、ここにっ!?」

「みいいいいい!!」

私を見つけて、閣下は一瞬ぽかんとした顔になった。

けれどもすぐに我に返ると、黒い外套をはためかせ猛然と駆け出してくる。

私も、腰を抜かしていたことも背中に翼があることも忘れ、短い足を駆使してただ懸命に走った。

そうして、目の前で立ち止まって地面に膝をついた閣下の胸に、無我夢中で飛び込む。

「ぴいい！　ぴいいいい‼」

「あああ、よちよち！　何言ってるのか全然分からないけど、分かるよ！　私も会いたかった‼」

「ぴゃあぁ！　ぴゃああああんっ‼」

「うん？　もしかして、私達を迎えに来てくれたのかい⁉　えっ、私達が閉じ込められていることを知って⁉　――なんてことだっ‼」

子竜の言葉は通じないはずなのに、不思議と閣下は私の言いたいことを簡単に理解してしまう。

怖かったし、不安だったし、悔しかった。

閣下のことが心配で、そして恋しかった。

いろんな思いがごちゃまぜになって、結局はぴいぴい泣くしかできない子竜は、やっぱり役立たずの落ちこぼれかもしれない。

それでも……

「来てくれてありがとう、パティ。無事でよかった。君が側にいてくれれば、もう私は百人力さ」

閣下がこんなにも私を必要としてくれる。

たとえマーティナに、取るに足らない鈍臭そうな箱入り娘と扱き下ろされようとも、姉の陰に埋もれていると言われようとも、好き勝手哀れまれようとも、そんな私を閣下は選んでくれたのだ。

思わず爪を立ててしがみついてしまったが、閣下は構うことなく抱き締め返してくれた。

一方ロイは、まるで怪我がないか確かめるみたいに少佐の周りをぐるぐると回った後、彼の足の間に頭を突っ込んで甘えるようにスピスピと鼻を鳴らす。

いつものことながら、今回も何度もロイの背中に庇ってもらった私は、少佐に向かって身振り手振りで訴えた。

「みい！　みい、みいいいいっ!!」

「ああ、はい。何をおっしゃっているのか全然分からないですけど、分かりました。ロイは、お役に立てたんですね？」

「みいいん！　みい!!」

「あはは、どういたしまして！　誇らしいなぁ、ロイ！」

少佐は両手でわしゃわしゃとロイの顔を撫でてから、ぎゅっと彼を抱き締める。

私も、再び全力で閣下の首筋にしがみついた。

もう一時《いっとき》だって、この人と離れたくない――そんな一心で。

とたん、閣下が天を仰いだ。

「――今、私は猛烈に感動している！　こんなに激しくパティに求められたことが、いまだかつてあっただろうか!?　災い転じて福となす、とはこういうことか!!」

「閣下ー、そのだらしない顔、今すぐどうにかしてください。軍曹にはとてもじゃないが見せられませんよー」

一方その頃、ボルト軍曹はというと……

「ぶわっ！　うわっ、うわわわわ⁉」

「わふっ！　わふわふっ！」

私達と一緒に抜け道を通ってきたアイアスに飛び付かれ押し倒され、顔中をベロベロ舐め回されているところだった。

『ねえ、ちょっと！　大丈夫？　それ、襲われているんじゃないわよね？』

アイアスが飛び付いた拍子に放り出された金色の額縁が、何やら横で喚《わめ》いている。

「ア、アイアス？　お前、僕のことを覚えていてくれたのか？　七年も経っているのに……？」

「わふっ」

「最初に会った時にはこちらを見向きもしなかったから……だからてっきり、僕のことなんて忘れてしまったんだと……」

「きゅうん、きゅうん」

巨大な図体にもかかわらず、まるで子犬のような声を上げてボルト軍曹に戯《じゃ》れつくアイアス。

閣下は私を外套の中に隠すと、ふむ、と顎に手を当てて少佐と顔を見合わせた。

「まさか、最初に会った時は、ボルトが素性を伏せたがっているのを察して、マーティナの前では知らないふりをしていたのか？　だとしたら、とんでもなく賢い犬だな」

「でも、本当はすぐにでも飛び付きたい気分だったんでしょうね。健気《けなげ》だなぁ」

閣下と少佐の言葉を聞いたボルト軍曹は、ようやく上体を起こすと、側にお座りをしたアイアスの毛並みをおそるおそる撫でた。

「……僕、弟が欲しかったんです。けれど、両親はずっと不仲だったから、子供心に願いは叶わないって分かってました。そんな時、こいつを拾って……アイアスって、僕が付けた名前なんです」

「そうか。たとえ一緒に過ごしたのがわずかな間であっても、君の愛情はちゃんとその子に伝わっていたんだね」

閣下の労るような言葉に、ボルト軍曹は涙ぐみつつ、はいっ、と噛み締めるように頷いた。

ただ、そんな感動的なやり取りの間も、小竜神だけは相変わらずブルブルと震えながら湖の底を凝視していた。

「あはは、アイアス。大丈夫、大丈夫だってば！」

涙が伝ったボルト軍曹の顔を、アイアスがまたベロベロと舐め倒す。

おかげで顔中ヨダレだらけになって、目も開けられないような状態になったボルト軍曹を、私は閣下の外套の下で涙を拭いつつこっそりと見守っていた。

何しろ彼は、メテオリット家が竜の子孫であることも私が子竜になることも知らないのだ。

再会して即行アイアスに押し倒されたため、きっと子竜の存在には気付いていない――そう、思いたかったのだが。

「そういえばさっき、何かがぴいぴい鳴いてませんでしたか？」

袖で顔を拭ったボルト軍曹の呟きによって、その場は凍り付いた。

「あれは……うん、モリスの裏声だな」

「ちょっとぉ、閣下ぁ？」

とっさに閣下が苦しい嘘をつき、煌びやかな弓矢を担ぎ直した少佐が胡乱な目でそれを睨む。

弓矢は宝物庫にあったもので、武器よりも美術品としての傾向が強いが、何かの役に立つかもしれないと拝借してきたらしい。

実際、閣下がそれで細工を射て隠し扉を開き、ここまでやってこられたそうだ。

ボルト軍曹は弓矢を抱えた少佐をまじまじと見つめてから、なおも続ける。

「それに、ピンク色の小さい動物が見えたような気が……」

「……モリスの残像か何かじゃないかな」

「いや、さすがに無理があるでしょ」

結局、ボルト軍曹が閣下の言葉に誤魔化されてくれることはなく――

「ボルト軍曹、改めて紹介しよう――妻のパトリシアだ」

「ぴ、ぴい……」

私は、彼の前に子竜の姿を晒すことになった。

「うわわわわわ、りゅ、竜だ！　小さいけど、本当に竜がいる！　すごい……っ!!」

『あっらー！　うっそー、竜の子!?　かぁわいいわねぇ!!』

子竜姿の私を目にしたボルト軍曹は、それはそれは驚いた。

何だか、珍しい甲虫かなんかを見つけた時の男の子のような反応だったが、ひとまず好意的に受け入れられただけよしとしよう。

彼がここまで抱えてきた金色の額縁――そこに収められたマーティナの絵も、片割れであるマーガレットの絵と同様の反応だった。人間の私に対しても子竜の私に対しても同じ反応というのは、少々納得いかないが。

「でも、この子があのパトリシア様？　確かに、髪と一緒の色だけど……。いったい、どんな身体の作りになってるんだろう」

『ちょっとちょっと、子竜ちゃん！　お姉さんによーくお顔を見せてちょうだいな!!』

興味津々な様子のボルト軍曹とマーティナに、もみくちゃにされる未来を察知した私は、慌てて閣下の懐に逃げ込む。

閣下はそんな私を抱き締めて、頬擦りをした。

「可愛いが過ぎる」


私とロイと小竜神、それからアイアスが通ってきた抜け道は、アレニウス王家がこの屋敷を別荘として所有していた時代に、有事の際の脱出口として作られたものらしい。

当主の書斎の隠し扉から、私達が再会を果たしたこの洞窟を経由し、宝物庫を通って裏の森に逃げ込めるようになっていた。

洞窟の中を改めて見回すと、今私達がいる湖の縁とは別に、天井に近い部分にも段があり、その奥まった場所にぽっかりと穴が空いているのが分かった。

湖を挟んで対角に二つ。しかも、よくよく見れば穴の周囲には石が積み上げられており、どうやらこちらは人工的に作られたもののようだ。

「なるほど……それでは、マーティナ・サルヴェールと家令に関しては黒で間違いないということですね」

『うん。パトリシアのことも捕まえようとしていたからね』

書斎から来た私達と、宝物庫から来た閣下達で、情報の共有が行われた。

私達側の説明役は、唯一閣下側と言葉が通じる小竜神だ。

その小竜神は、ここにきてもまだ湖の方を気にして落ち着かない様子だったが。

ちなみにボルト軍曹は、今更何が来ても驚くもんか、と言いたげな顔をしていた。

「サルヴェール家の使用人がどこまで加担しているか、だな……ボルト軍曹、本隊突入の手筈はいかように？」

「合図の小鳥を確認したら、即突入です。マーティナ・サルヴェールの身柄を拘束した後、くまなく敷地内を捜索する手筈になっています」

「なるほど。それでは、すでにサルヴェール家は王国軍に制圧されているかもしれないね。指揮官はどなたかな？」

「僕の叔父――ウィルソン中尉です」

今回ボルト軍曹に課された真の役目は私達の案内役ではなく、汚職次官の財産隠しに関与した疑いのあるサルヴェール家を探る斥候役だったらしい。

陛下に頼まれたマーティナの絵探しも、サルヴェール家を正面から訪ねるための口実だった。

ウィルソン中尉率いる一個小隊総勢六十名が、私達と同じ汽車でやってきて、サルヴェール家の死角に控えていたそうだ。

陛下にいいように使われたみたいで、もやもやとした気持ちになる。

閣下達が無事だったからよかったようなものの、もしも彼らが怪我でも負っていたら、私は到底陛下を許せなかっただろう。

「パティ、眉間に皺を寄せてどうした？　いや、しかめっ面もめちゃくちゃ可愛いんだけどな⁉」

「ぷぅ……」

閣下や少佐にもきっと思うところはあっただろうが、すでに気持ちを切り替えているようだ。

ボルト軍曹が気に病まないように、という配慮もあるのかもしれない。

閣下に指で眉間を撫でられて少しだけ冷静になった私は、怒りの矛《ほこ》を収めた。

「問題の解決は王国軍に任せて、我々はとっとと脱出しましょうよ、閣下」

少佐の言葉を合図に、私達はひとまず地上に出ることにした。

私やロイ達が通ってきた抜け道を遡《さかのぼ》れば、サルヴェール家当主の書斎に戻れるはずだ。

隣の寝室でジジ様とマーティナがまだ盛り上がっていたらどうしよう……という懸念が頭を過《よぎ》ったが、とにかく行くしかない。

ちなみに、ジジ様と出会ったことは、この時点ではまだ閣下に伝えていなかった。

そもそも、子竜の状態の私は直接言葉を交わせないし、説明役を務めた小竜神がジジ様の話題に触れたくなさそうだったからだ。

シャルベリで最初の生贄となったのが実はメテオリット家の娘で、嫁いだシャルベリ家で不遇を強いられた末のことだという事実は、私にとっても衝撃だった。

シャルベリ家にもその事実は伝わっていないようなので、閣下に話すのなら機を改めたい。

今はとにかく、全員一緒に無事サルヴェール家の外に出ることを優先すべきだろう。

先頭を務めることになった少佐とロイが、扉を大きく開け放って抜け道を覗き込む。

マーティナの絵はボルト軍曹が抱え、彼を守るようにアイアスが寄り添った。

閣下の腕に抱かれた私の肩に、小竜神がしがみつく。

この洞窟を離れることになって、一番ほっとしているのは小竜神のようだった。

結局彼が何を恐れていたのかは分からずじまいで、少々後ろ髪を引かれる思いがした私は、閣下の肩越しに湖の中を覗き込む。

天井の隙間から差し込む光で水面はキラキラ光っているものの、底に何があるのかはやはり見えなかった。

ただこの時、小竜神とは対照的に、私は不思議と懐かしいような感覚を覚える。

「パティ、どうした？　危ないよ？」

「ぴぃ」

その理由が気になって、閣下の腕の中から身を乗り出そうとした時である。

少佐とロイに続いて扉を潜ろうとしたボルト軍曹が、突然鋭い声で叫んだ。

「――マーティナ‼」

とたんに閣下の外套の中に隠された私だが、隙間から垣間見た光景にはっと息を呑む。

私達が今いる湖の縁よりも、ずっと上の天井に近い位置にある段に、三人の人影が見えた。

マーティナ・サルヴェールと家令、そして――

『ジジ様』

白い髪の美貌の男性――私達メテオリット家の祖先であり、始まりの竜の片割れであるジジ様だった。

「あらあら、お揃いですこと。地下探検でもお楽しみになったのかしら？」

黒い外套を羽織りフードを被ったマーティナは、下の段にいる私達を見下ろして謳うように言う。

洞窟の壁に足場になりそうなものはなく、私達が自分達のところまで上がってこられないと分かった上での余裕の表情だった。

「よくも、いけしゃあしゃあと！　こんなことをしてただで済むと思っているのか！」

「まあ。こんなことって、何かしら？」

「しらばっくれても無駄だぞ！」

「ふふ、元気な坊やね。こんな洞窟の中で喚いたってどうしようもありませんのに」

マーティナの挑発に頭に血が上ったボルト軍曹が、顔を真っ赤にして叫ぶ。

閣下がその肩を叩いて自分の後ろに下がらせたが、その際、ボルト軍曹にくっついている存在に気付いたマーティナが眉を寄せた。

「アイアス？　あなた、どうしてそこに……？」

アイアスがボルト軍曹を庇うように前へ出る。

マーティナはそれを忌々《いまいま》しそうに見下ろしながら吐き捨てた。

「恩知らずな犬ですこと。ご主人が死んでから二年余り、誰が飼ってやったと思っているのよ」

一方、先に扉を潜《くぐ》っていた少佐とロイも戻ってきて、上にいるマーティナ達を睨む。

閣下だけは平然とした様子で口を開いた。

「まずは、我々の当初の目的であった絵ですが、宝物庫で無事発見しました。こちら、陛下にお渡ししても問題ありませんね？」

「結構ですわ。そんな絵、何の価値もありませんもの。陛下に差し上げるなり、焼いて捨てるなり、

お好きになさって」

『んっまー！　言ってくれるわね、そこの女！　ちょっと下りてきなさいよっ!!』

閣下とアイアスの背に庇われたボルト軍曹の腕の中で、マーティナの絵が抗議の声を上げる。

突然響いた女性の声に、マーティナは訝《いぶか》しそうな顔をしてきょろきょろと辺りを見回していたが
……。

「ところで、着の身着のままでどちらに？　──ああ、もしや、すでに王国軍に屋敷が占拠されましたか？」

まるで世間話をするような調子で閣下が告げた言葉に、ぴたりと動きを止めた。

ぎろり、とマーティナが閣下を睨む。

ここまで動じなかった彼女がまんまと挑発に乗せられた瞬間だった。

「やっぱり、あの子ね？　あの子が、王国軍を連れてきたんだわ！」

「ふむ、あの子とは？」

「閣下の奥様──パトリシアさんっておっしゃったかしら。まったく、お飾りの辺境伯夫人だと思って甘く見すぎていたわ」

「……ほう？」

自分を嘲るようなマーティナの言葉を聞かされるのが辛《つら》くて、私は閣下の胸にぎゅっと顔を押し付ける。

そんな私の背中を、閣下は外套越しに撫でてくれた。

「それにしても、随分ご立派な奥様ですねぇ。旦那様とその部下を見捨てて、ひとりだけで逃げ出したんですもの」

「おや、見捨てたなどとおかしなことを。今まさに、妻は王国軍を呼びに行ったのだとその口でおっしゃったのに？」

マーティナの挑発に、閣下はおどけたように切り返す。

二人の間で、バチバチ、と火花が散ったように錯覚した。

うわ、閣下めちゃくちゃ怒ってる……と小声で零したのは少佐だ。

けれども、閣下は私の背中を撫でながら落ち着いた声で続けた。

「その先に開いているのは、山脈を貫いて隣国にまで繋がっていると噂のトンネルでしょうか。あなたがそこを通って、前政権における次官の隠し財産や我が国の情報を手土産《てみやげ》に隣国の反政府組織に与《くみ》するつもりだというのも、本当ですか？」

「あら、全部ご存知ですのね。ええ、概《おおむ》ねその通りで間違いございませんわ。新天地で生活するとなると何かと入り用でしょう？　新しい職場には手土産だって必要ですしね」

マーティナは悪怯《わるび》れる様子もなくころころと笑って答える。

かつて王宮勤めの役人であったマーティナが、どういう理由で次官の悪事に加担することになったのか。

そもそも、サルヴェール家に嫁いだのも、こうして隣国に密入国することを想定してのことだったのか。

いろいろと疑問は尽きないが……

「――しかし、祖国を捨ててまで持っていくにしては、随分と心許ない荷物ですね？」

閣下の指摘通り、マーティナ達が携えている荷物らしきものは、家令が背負っている麻袋くらい。

麻袋はずっしりとして重そうだが、前国王の在位時代三十年余りの間に次官が貯めたにしては、あまりにも慎ましい量だった。

とたんに、忌々しそうな顔をしたマーティナが閣下を睨む。

「おかげさまで。あなた達のせいで、宝物庫に保管していた分を運び出せなくなってしまったの」

「おや、我々のせいとは心外な。宝物庫の出入口を使えなくしたのは、我々ではありませんが？」

「無駄な議論にこれ以上時間を費やすつもりはありませんの。王国軍に追い付かれたら、元も子もないわ」

「はは、引き留めているのがばれてしまいましたか」

話を引き延ばして時間稼ぎをしていたことをあっさり認めた閣下に、マーティナが肩を竦める。

悔しいですけれど、と彼女は続けた。

「残りは餞別として置いていきますわ。その絵と一緒に陛下に差し出すなり、こっそり懐にしまうなり、お好きになさって」

「ご安心ください。金一粒さえも残さず、汚職の証拠として王国軍に回収していただくことをお約束します」

「少しくらい、掠め取ってもばれないでしょうに」

「いいえ。妻に顔向けできないようなことは、決していたしません」

閣下がそう、きっぱりと答える。

直後、マーティナは眩しいものを見るような目をしてからぽつりと呟いた。

「清廉潔白な人……私もパトリシアさんくらいの年頃に、あなたのような男性と巡り合えていたら……そうしたら、もっと違う人生を歩めたのかしら……」

それは、ひどく切ない声だった。

ここまで、閣下と堂々と渡り合っていた人とは思えないほど、弱々しくさえ見えた。

しかしここで、耐え切れなくなった家令が口を挟む。

「マーティナ様、お早く！　王国軍がここを見つけるのも時間の問題かと！」

「……そうね。では、お名残《なごり》惜しいですが失礼しますわ、閣下。ごきげんよう」

「おや、もう行ってしまわれるのですか？　せっかく僻地の領主同士、話が合うかと思いましたのに」

「お生憎さま。こんな僻地になんて、私はちっとも愛着ございませんの」

家令に急かされて、マーティナがトンネルへと向かう。

もはや、下の段にいる私達には見向きもしなかった。

ところが……

「――ルイジーノ？」

トンネルに入ろうとしたところで、ジジ様が付いてこないのに気付いて立ち止まる。

早くしろ！　と家令がイライラした様子で急かすが、ジジ様はその場から動こうとしなかった。

ジジ様とはこれが初対面な閣下と少佐とボルト軍曹は、説明を求めるように一斉に小竜神を見る。

『……マーティナの愛人だよ』

「ああ、なるほど……」

とたんに、上の段を見る閣下達の目が生暖かくなった。

マーティナはそんな傍観者達の視線にも気付かないまま、せっかくトンネルの側まで行っていたのに踵《きびす》を返す。

家令が、悲鳴のような声で彼女を呼んだ。

「何をしているの、ルイジーノ。早く行きましょう」

「悪いね、マーティナ。ぼくは行かないことにするよ」

「な、なに……？　何を、言っているの……？」

「ぼくね、今度はあの子のところにお世話になろうと思うんだよね。だから――おまえとは、ここでさようならだ」

そう言ってジジ様が指差したのは、閣下——その外套に抱き込まれていた私だった。


パンッ、と渇いた音が、洞窟の中に響き渡った。

マーティナがジジ様の頬を張った音だ。

「この浮気者！　私を捨てようっていうの⁉」

「捨てるも何も……おまえはそもそもぼくのものじゃないし、ぼくもおまえのものじゃない。これは単なる普遍的な別れだよ」

「ふざけないでちょうだい！　あなたと一からやり直すために、私は祖国も何もかも捨てる決意をしたのに！」

「ええ……そんな純愛っぽいこと言われても困るなぁ。ぼくたちってさ、もっとこう倒錯的っていうか、爛《ただ》れた関係だったじゃない？」

突然始まったジジ様とマーティナの修羅場に、閣下も少佐もボルト軍曹もぽかんとする。

私はというと、マーティナの神経を逆撫でしまくっているジジ様の発言にハラハラしっぱなしだった。

「まあ、とにかく。今までありがとうね、マーティナ。二度と会うことはないだろうけど、元気でおやりよ」

「ル、ルイジーノ……」

美しい顔に眩《まばゆ》いばかりの笑みを浮かべ、ジジ様は残酷なまでにあっさりと突き放す。

ちょっと気の毒なくらい動揺しているマーティナに、私達傍観者はさすがに同情を禁じ得なかった。

一方的に、次の寄生先に指定されてしまった閣下——正しくはその外套の中にいる私だが、ジジ様がシャルベリ辺境伯領に来るのならば結局は閣下のお世話になる——は、胡乱な目を小竜神に向ける。

「小竜神様……本当にあの方は何者なんですか?」

『マ、マーティナの元愛人で……パトリシアの……』

小竜神が観念したようにジジ様の素性を説明しようとした、その時だった。

「——許さない、許さないわっ!!」

突然そう叫んだマーティナが、ジジ様の胸倉を摑んだ。

そうして——

「もう、誰かの踏み台になんてなってやるもんですか! 私を裏切るというのなら——ここで死になさいっ!!」

護身用に持っていたのか、いきなりナイフを抜いて振り翳《かざ》したのだ。

それなのに、切っ先を向けられたジジ様はのんきなもので、おお、こわ……と呟いただけで逃げ出す素振りもない。

唯一彼らの側にいる家令は、もともとジジ様のことをよく思っていなかったせいか、マーティナを止めようとはしなかった。

反対に、下の段にいた私達傍観組はたちまち騒然となる。

「おいっ、やめろっ‼」

閣下が鋭く制止の声を上げるが、完全に頭に血が上った様子のマーティナは聞く耳を持たなかった。

天井の裂け目から差し込む光を受けて、ギラリ、とナイフの切っ先が煌めく。

とたん、ジジ様の真っ白いシャツの胸元が赤く染まる光景が脳裏を過り、私は居ても立ってもいられなくなった。

「――モリス！」

「はい、閣下！」

閣下は少佐から煌びやかな弓矢を受け取ると、素早く矢を番《つが》えて引き絞り、狙いを定める。

矢尻が尖っていない美術品であろうと、命中すればかなりの衝撃だろう。

はたして、ヒュッと風を切る音を立てて飛んでいった矢は、今まさにジジ様に振り下ろされんとするナイフを持つ手を寸分違《たが》わず射た。

あっ、と悲鳴を上げて、マーティナがナイフを取り落とす。

けれども、それにほっとする間もなかった。

マーティナの落としたナイフをすかさず拾った家令が、そのまま再びジジ様に切っ先を向けたからである。

気が付けば、私は閣下の外套から飛び出していた。

大きく翼を羽ばたかせて勢いを付け、大砲の弾みたいに一直線に突撃する。

ゴチンッ！　という音が洞窟に響き渡った。

私の渾身の頭突きによって、家令もまたナイフを取り落とす。

ナイフは洞窟の壁に当たって撥《は》ね返り、湖へと落ちていった。

ポチャン、と水音を立てて、ナイフが沈んでいく。

凶器が目の前から消えてほっとしたのも束の間——

「……っ、くそ！　何なんだっ‼」

「——きゃん！」

頭を押さえて踞《うずくま》っていた家令が、怒りに任せていきなり腕を振り払ったのだ。

自ら繰り出した頭突きで頭がくらくらしていたところに、運悪く家令の裏拳を浴びた私は、まるでナイフを追い掛けるみたいに湖へと真っ逆さまに落ちていった。

「パティ‼」

閣下の呼び声と、ドボンッ……という鈍い音が重なる。

私と一緒に湖に飛び込んだ空気が泡となって、コポコポと呟きながら水面へと上っていく。

ぶたれた衝撃で意識が朦朧《もうろう》としていた私は、ぼんやりとそれを眺めながら沈んでいった。

そんな中、新たな水音とともに湖に飛び込んできた人影が目に入る――閣下だ。

とたんに我に返った私は、慌てて短い手足をばたつかせて体勢を立て直そうとする。

けれども、そもそも子竜の姿でろくに泳いだこともなかったため思うようにはいかず、無駄に体力と酸素を消耗する結果となってしまった。

ゴポポッ……と、一際大きな空気の泡が口から逃げていく。

たまらなく息が苦しくなって、死の恐怖を覚えた時だった――閣下の長い腕に捕まえられ、力強く抱き寄せられたのは。


唇が、重なる。


閣下はゆっくりと、しかし確実に、子竜の私の口に酸素を与えてくれた。

コポコポ……コポコポ……

僅かな隙間から漏れた小さな泡が、囁くような音を立てながら水面へと上っていく。

天井の隙間から差し込む日の光に照らされて、それはまるで真珠のように輝いていた。

やがて、お互いの唇が離れた頃――私はもう、子竜の姿ではなくなっていた。

子竜の身体の色と同じ、ピンク色の長い髪がゆらゆらと気ままに水中を漂う。

裸の身体は、閣下の腕にしっかりと抱かれていた。

このまま浮上してしまえば、ボルト軍曹に続いてマーティナや家令にも、メテオリット家の秘密を知られてしまうことになるだろう。

それが不安ではないと言えば嘘になる。

けれども――

（閣下と一緒なら――）

ちんちくりんの落ちこぼれ。竜のくせに鋭い爪も牙もない。

賢くも強くも美しくもない、劣等感まみれの私だけれど。

必要だと、愛おしいと、そう誰に憚《はばか》ることなく言ってくれる閣下と一緒なら、きっと何があっても大丈夫。

私は両手を目一杯伸ばし、閣下の身体にしがみついた。

閣下も私の腰を片腕でぐっと抱き寄せ、浮上するためにもう片方の腕で大きく水をかく。

キラリ、と下の方で何かが光ったのは、ちょうどその時だった。

私も閣下も、自然と水底に目を遣る。

光ったのは、私より一足先に湖に落ちた、マーティナのナイフ。

けれども、水底にあったのはそれだけではなかった。

「「――!!」」

私と閣下は、同時に息を呑む。

湖の底には、大きな骨が。

翼のある、竜と思《おぼ》しきものの骨が横たわっていた。


「――閣下！　パトリシア様⁉」

私と閣下が水面から顔を出したとたん、少佐が安堵の声を上げる。

湖に落ちるまで子竜だった私が人間の姿で戻ってきたため、少佐とボルト軍曹には驚かれてしまったが、幸いなことに、マーティナと家令の視線は私を捉えてはいなかった。

というのも、彼らがいる上の段では、先ほどにも増して修羅場展開になっていたからだ。

「――ジジ様っ⁉」

私を湖に叩《たた》き落とした家令は、どういうわけだかジジ様に胸倉を掴まれ、高く吊り上げられていた。

首が絞まって息ができないのか真っ赤な顔をして、必死に両足をばたつかせている。

それを見上げるジジ様の表情は、ぞっとするほど冷たい。

マーティナさえも勢いを失い、ただ蒼白となってその場に立ち尽くしていた。

さっきまでヘラヘラと軽薄な男を演じていたというのに、いったい何がジジ様を豹変させたのだろうか。

その答えは、彼自身の口から語られることになる。

「おまえ……よくも、ぼくの可愛い孫をぶってくれたね？」

地を這うような声に、家令とマーティナがびくりと竦み上がる。

ぽかんとした私の隣では、孫？　と閣下が首を傾げている。

ちなみに、私は素肌の上に、閣下が湖に飛び込む直前に脱いでいた外套を羽織らせてもらっていた。

それにしても、自分が引っ叩《ぱた》かれようがナイフを向けられようが平然としていたのに、子孫である私が被害を受けたとたんに怒りを露《あらわ》にするなんて。

若い見た目と浮ついた言動のせいで、正直ジジ様に対しては、ご先祖様だとかおじいちゃんだとかいう実感はあまり抱いていなかったのだ。

それなのに、ここにきて急に保護者感を出されてしまって、私は戸惑いとは裏腹に慕わしさを――親兄弟、特に姉に対するのと似た感情を覚えた。

「う……おじいさま……」

「うんん!?　〝おじいさま〟!?」

隣で閣下がぎょっとした顔をする。

その間も、上段の空気はどんどん剣呑《けんのん》さを増していた。

「さて、どうしてくれよう？　八つ裂きにして、空から撒いてやろうか？」

吊り上げた相手を金色の瞳を細めて眺め回しながら、ジジ様が恐ろしいことを呟く。

それを挑発ととった家令が、できるものならやってみろ！　なんて愚かにも宣《のたま》ってしまった。

「――言ったね」

刹那、ジジ様が作り物めいた美貌に戦慄するほどの冷たい笑みを浮かべる。

その身体が、白い衣服を破いて大きく大きく膨れ上がるのを、すぐ側にいたマーティナと家令はもちろん、私も閣下も、少佐もボルト軍曹も、ロイもアイアスもマーティナの絵さえも――ただただ、息を呑んで見ていることしかできなかった。

湖に、大きな影が映る。

それは、さっき私が閣下とその底に見た遺骨を彷彿とさせた。

第八章　始まりの竜

言葉をなくした私達が見守る中、ジジ様の身体は洞窟の天井近くにまで到達する。

その背から突き出たのは、大きくて真っ白い翼――竜の翼だ。

それがバサリと羽ばたいた拍子に、鍾乳石が砕け散ってボロボロと湖に降り注いだ。

竜だ、と掠れた声で呟いたのはボルト軍曹。マーティナの絵を抱える彼の手は、カタカタと震えていた。

ボルト軍曹の言う通り、ジジ様は私達の目の前で竜へと変化した。

けれどそれは、私と色違いなだけの、あのちんちくりんの子竜ではない。

姉よりもまださらに立派な――言うなれば、さっき閣下と湖の底に見た骨のような、大きな大きな竜だった。

「ル、ルイジーノ!?　いやああ!!」

「ひっ、ひぃ！　化け物!!」

そんな竜と、突然間近で対峙することになったマーティナと家令の衝撃はいかほどか。

前者は腰を抜かしてその場に尻餅をつき、胸ぐらを摑んで吊り上げられた後者に至っては、真っ青な顔をしてブルブルと震えるばかりだった。

ジジ様は——白い大きな竜は、金色の目を細めてそれを眺め回す。

『まずは、ぼくの可愛い可愛い孫をぶったその手から捥《も》いでやろうかな』

「ひ、ひぃ……ひぃ……」

『しかし、おまえはまずそうだねぇ。ぼくはこう見えても美食家でね』

「た、たすけて……」

命乞いをする相手ににやりと笑ったジジ様が、かぱりっと大きく口を開ける。

ぞろりと並んだ鋭い牙を目にした家令は、とたんに泡を吹いて気を失ってしまった。

下の段にいる私達からは確認できないが、どうやら同時にマーティナも気絶したようだ。

ぐったりとした家令の身体をぽいっと放り出したジジ様が、おーい、こんなところで寝ていていいのー、なんて言いながら鋭い竜の爪の先で彼女をツンツンしている。

私や閣下達は、ただぽかんとするばかりだった。

ところが時を待たずして、またもや驚くべきことが起きる。

大きく膨らんでいた白い竜の身体は一転、みるみるうちに萎《しぼ》んで、あっという間に下の段にいる私達の視界から消えてしまったのだ。

誰も彼もが呆気にとられ、洞窟の中が一瞬しんと静まり返る。

その時だった。

『あーあ、時間切れになっちゃったよー』

そんな台詞とともに、ひょこっと上の段から顔を出したのは、小型犬くらいの大きさの真っ白い竜。

私とは色違いなだけでそっくりの、ちんちくりんの子竜となったジジ様だった。

その背の翼は、先ほど鍾乳石をへし折ったものよりもずっとずっと慎ましい。

それをパタパタと羽ばたかせて下りてきた彼に、私はとっさに両手を差し伸べていた。

『ふー、やれやれ』

「ジ、ジジ様……あの、さっきのお姿は……？」

私の腕に収まったジジ様は、見た目に似合わず年寄りくさいため息を吐く。

その吐息に触れた瞬間、湖に落ちて濡れていた私の髪や身体が一瞬にして乾いた。

それに満足そうな顔をしたジジ様が、すりすりと胸元に擦り寄ってきて甘える素振りをするが、先ほどの大きな竜の姿の印象が強すぎて、手放しに可愛いとは思えない。

すると、彼は唖然としたままの私達の顔を見回してから、小さく肩を竦めて言った。

『ぼくだってね、気合いを入れまくったら竜を名乗るにふさわしい姿にもなれるんだよ。ただ……まあ、三分と保《も》たないんだけどさ』

とたんに、閣下が自身の外套に包まれた私の両肩をガシッと摑んだ。

「……パティ」

「は、はい、閣下」

「パティが抱っこしているその方は、いったいどちら様なのかな？」

「あ、あの……ジジ様、ルイジーノ様は私の、メテオリット家のご先祖様……だ、そうです」

メテオリット家のご先祖様⁉　と、閣下が素《す》っ頓狂《とんきょう》な声を上げる。

そんな彼の両手を私の肩からぺいっと叩き落としてから、ジジ様はツンと澄ました顔をして言った。

『ごきげんよう、ケダモノの眷属。おまえが、ぼくの可愛い可愛い孫ちゃんを嫁にもらったという果報者かい？』

「ケダモノの眷属……孫……？」

閣下が訝しげに眉を顰《ひそ》めたのを見て、私は慌ててジジ様について補足する。

ちなみに、ジジ様に両手を叩き落とされたと同時に、びしょ濡れだった閣下の全身も乾いた。

ジジ様は、初代アレニウス国王の末王子と番《つが》ってメテオリット家の祖となった娘竜の父親で、水を司る竜である。

それを聞いたとたん、あっと声を上げたのはボルト軍曹だった。

「もしかして、この辺りの土地で真しやかに囁かれていた〝始まりの竜は今もこの地で生きている〟って話……この竜のことだったんじゃ……」

『まあ、ぼくはずっとこの周辺で過ごしていたからね。竜の姿を見られたことも、あったかもしれないな』

「いやー、それにしても、本当にパトリシア様そっくりじゃないですか！　子竜とさっきの大きい竜、それからあの怖いくらい綺麗な男、一体どれが本来の姿なんですか？」

『ぼくがパティにそっくりなんじゃなくて、パティがぼくにそっくりなんだからね。そこ、大事だから間違えないで？　本来の姿は、もちろんこのかわゆい子竜ちゃんだよ』

まじまじと顔を覗き込んでくる少佐に一言釘を刺してから、ジジ様はふふんと鼻を鳴らして得意げに言う。

私にとっては長年劣等感しかなかったちんちくりんの子竜姿にも、誇らしげに胸を張るジジ様が何だかとても眩しく見えた。

少佐も、へー、と感心したように頷いていたが、急にはっとした顔になって閣下に向き直る。

「ちょっと、閣下！　大丈夫ですか⁉　パトリシア様お一人でもデレッデレのドロッドロに骨抜きにされてるのに、子竜ちゃんが二人になっちゃいましたよ⁉　どうするんです？　死ぬんです⁉」

『へえ。おまえ、ぼくの孫にデレッデレのドロッドロになるの』

驚きと興奮でめちゃくちゃなことを言い出す少佐と、私の胸元にすりすりしながら面白そうな顔をして閣下を見上げるジジ様。

ボルト軍曹はマーティナの絵を抱えたままうろうろと視線を彷徨《さまよ》わせ、ロイとアイアスは仲良く並んでお座りをして成り行きを見守る。

小竜神は、いつの間にかロイの背中に避難してプルプルと震えていた。

そして――閣下もまた、ジジ様に怯える小竜神とはまったく別の理由によって震えていた。

「か、可愛い……」

絞り出すような声で、閣下がそう呟く。

この時、私の胸の奥にモヤッとした思いが生まれた。

ちんちくりんの子竜の私も、誰に憚ることなく受け入れ肯定してくれる閣下のことだ。

私と色違いなだけでそっくりなジジ様に対しても、きっと好意的な反応を示すだろう、と疑いもせずに思っていた。

それはジジ様の身内である私にとっても喜ばしいことのはずなのだが……

（……いやだ）

閣下が私以外に対して、少佐の言うところの〝デレッデレのドロッドロの骨抜き〟になってしまうのはちょっと、いや、正直めちゃくちゃ嫌だった。

要は、嫉妬である。

閣下が愛でるのは自分だけであってほしいという強い気持ちが、私の中で大きく渦を巻く。

けれども、そんな醜い思いを抱いていると閣下に知られるのもまた、嫌だった。

ぐっと唇を噛み締めて溢れ出しそうな思いを押し止める私を、胸元に抱き着いたジジ様が上目遣いで見つめている。

ところが、ふいに伸びてきた閣下の手が彼の両脇の下に入り、掬《すく》い上げるようにして私から引き剝がしてしまった。

閣下は、子竜の私にするみたいに、ジジ様を愛おしげに抱き締めて、その大きな掌で優しく撫でるのだろうか。

可愛いと、尊いと、褒め称えて天を仰ぐのだろうか——私以外のために。

私は痛みに耐えるように、ぎゅっときつく両目を瞑った。

「……っ、いや。嫌です、閣下……」

今さっき押し止めたはずの思いが、あっけなく唇から溢れ出してしまう。

ところが——

「はぁあああ……可愛い！　まったく、パティは可愛いなぁ!!」

「えっ……」

閣下に抱き締められたのは、ちんちくりんの子竜なジジ様ではなく、人間の姿をした私だった。

ちなみに、どういうわけだかジジ様は少佐の腕に抱かれていた。

思っていたのとは違う展開に、私はただただ目を丸くする。

そんな私の頭頂部に、閣下はすりすりと頬を擦り寄せながら続けた。

「比較するものができたせいで、パティの可愛さがますます引き立ってしまったじゃないか。あー……可愛い！　まったく……パティはいったい、どれだけ私を悶えさせたら気が済むんだろうね⁉」

「閣下ー。比較物ってこの方のことですか？　いや、パトリシア様とそっくりに見えますけど」

子竜の私も抱っこしたことのある少佐が、ジジ様を矯《た》めつ眇《すが》めつ眺めて首を傾げる。

私も少佐の言う通りだと思うのだが、閣下はたちまち彼を睨んで吼えた。

「ばっかもん、モリス！　お前の目は節穴か！　よく見ろ、そちらのルイジーノ様とやらから滲み出るあざとさを！　その方は、自分が可愛いと確信して振る舞っていらっしゃるぞ！」

『うん、まあね。ぼくはこの通り、可愛いからね。異論は許さないよ』

「それに比べて、見ろ！　パティのこの計算したところのない愛らしさを！　私に常日頃から溺れるほど可愛いを連呼されようとも、少しも驕《おご》ることのないこの慎ましさを！」

『パティはもうちょっと自信を持ってもいい、とおじいちゃんは思うけどね』

力説する閣下に合いの手を入れるジジ様は何だか上機嫌だ。

メテオリット家の娘であるアビゲイルがシャルベリで最初の生贄となり、さらにその手柄を当時の領主が横取りしたせいで、今もまだシャルベリが気に入らないと言っていたジジ様。

そのため、現シャルベリ領主である閣下に対しても当たりが強いのではと心配していたのだが、

杞憂《きゆう》だったろうか。

私をぎゅうぎゅうと抱き締める閣下を見つめるその眼差しに、マーティナや家令に対峙した時のような剣呑さはなかった。

「私を骨抜きにしてしまうのは、いつだってパティだけだよ。たとえ、どんなそっくりな子が来たってその大前提が崩れるはずがない」

私の耳元で、閣下がきっぱりとそう告げる。

嬉しくて、誇らしくて、でもみっともなく嫉妬した自分が恥ずかしくて、私はぎゅっと閣下にしがみついてその胸元に顔を埋めた。

『あっはっは！　おまえ、よっぽどぼくの孫が好きなんだねぇ？』

「そうなんです！　分かっていただけますか？　だって、パティはこんなに可愛いんですよ!?

――ところで、おじい様とお呼びしても？」

『うーん……まあ、いいよ。許す。おまえには、もっといろいろ文句を言ってやるつもりだったけど、何だか圧倒されちゃったなぁ……』

「お褒めにあずかり光栄です」

なんだかんだで、閣下とジジ様が意気投合した、その時である。

突然、パキッ、という音とともに、洞窟の真ん中辺りにぶら下がっていた鍾乳石が一本根元から折れた。

先ほど大きな竜となったジジ様が翼を羽ばたかせた際、その風圧を受けてヒビでも入っていたのだろう。

鍾乳石は真っ逆さまに湖に落ち、ちゃぷん、と水を撥ねさせた。

丸い波紋が広がって、そして消える。

ふいに、ジジ様が口を開いた。

『ねえ、おまえ達……この湖の底にあるものを見たかい？』

「はい。もしや、あれは竜の……」

閣下の答えを最後まで聞くことなく、ジジ様が子竜の小さな手をさっと振り上げる。

とたんに湖の水が真ん中に集まり、巨大な水の玉となって宙へと浮かび上がった。

水のなくなった湖の底にはやはり、さっき私が閣下と見た大きな骨が——翼のある、竜と思しきものの骨が横たわっていた。

少佐の腕の中からパタパタと飛び立ったジジ様は、その竜らしき骨の側に着地すると、ちいちゃな子竜の手で頭の辺りをそっと撫でる。

『やあ、パトリシア。ごきげんよう』

「パ、パトリシア……？」

両目をぱちくりさせる私を見上げて、ジジ様が笑う。

そして、遠い昔を懐かしむように目を細めて言った。

『そう、この子の名前もおまえと同じパトリシア――ぼくの、奥さんさ』

湖底に尻をついて座り込んだジジ様の真上では、一つの巨大な球体となった水の塊がゆっくりと回転している。

水がなくなったことで、湖底に横たわる竜の骨――私と同じ名前だったという、初代アレニウス国王の末王子を育てた雌竜の遺骨をはっきりと見ることができた。

骨は最初真っ白に見えていたが、強い光沢があって光を浴びると虹色の輝きを帯びた。

頭の骨はそれだけで、子竜のジジ様よりもまだ大きい。

頭頂部からは二本の角が突き出ており、大きな口にはぞろりと鋭い牙が並んでいた。

そんな頭蓋骨の頬の辺りをちっちゃな手で撫でながら、ジジ様が語りかける。

『ねえ、パトリシア。ご覧よ。ぼくらの孫……いや、厳密には孫じゃなくて、ひひ、ひひひひ、ひひひひひ孫――あー、もう！　数え切れないから、やっぱり孫でいいや！　ほら、パティもおいで！　おばあちゃんに、はじめましてしなさいっ！』

「お、おばあちゃんって……えええええええっ⁉」

『そこのケダモノの眷属！　おまえも、ぼくの奥さんに挨拶することを許そう！』

「ありがたき幸せ」

突然呼びつけられて慌てる私を、閣下が抱きかかえて湖の底に下りてくれた。

骨を踏まないように気を付けながら側までやってきた私達に、ジジ様は満足そうにうむうむと頷いてから、また頭蓋骨へと向き直る。

そして、しみじみと言った。

『立派だろう、パティ。おまえのおばあちゃんは』

「はい……」

『彼女はね、黒い竜だったんだ。強くて、美しくて――そして、気高かった』

「パティの姉君のようですね。もしかして、パティはおじい様、姉君はおばあ様の隔世遺伝なのでしょうか」

閣下の言葉に、ジジ様は傍らにしゃがみ込んだ私の顔をまじまじと見上げ、へえ、姉？　と首を傾げる。

ここで、ふいに口を挟んだのは少佐だった。

彼は顎に片手を当て、それにしても、と思案するような顔をする。

「反対勢力に生贄にされそうになった初代アレニウス国王の末王子が、母親の竜に助けられ、兄妹のように育てられた娘の竜と夫婦になった、って言い伝えられてるじゃないですか。あの伝説の中で父親の竜について語られないのはどうしてなんでしょうね？　ルイジーノ様、子育てに参加しなかったんですか？」

とたん――洞窟内の空気が凍り付いた。

ぞぞぞ、と足元から寒気が這い上がってくるような感覚がして身を竦める。

そんな私の旋毛《つむじ》に、追い打ちをかけるみたいに、ぴちゃん、と冷たいものが降ってきた。

驚いて頭上を仰げば、湖の水を集めて浮かせた巨大な球体からポツポツと雫が垂れ始めているではないか。

「ジ、ジジ様……」

『……仕方がないじゃないか。ぼくは子供達が大きくなるまで巣穴から放り出されていて、近付くことさえ許されなかったんだから』

上を見上げて戦く私とは対照的に、ジジ様はぎゅっと眉間に皺を寄せて湖底を睨みつつ、押し殺した声で呟く。

彼の心の乱れを反映したみたいに球体の表面が波打ち、次々と雫が落ちてきた。

それは竜の遺骨にも当たって、ぴちゃん、ぴちゃん、と洞窟内に音を響かせる。

明らかに不穏な空気に、ジジ様に話を振った少佐は口を噤んだが……

『へー、巣穴から放り出されたって、どうして？　あなた、一体何をやらかしたのかしら？』

代わって、そう容赦なく畳み掛けるのはマーティナの絵だ。

ますますひどくなる雨から、閣下が私を抱き寄せ庇ってくれる。

けれども、ジジ様がぽつりと続けた言葉を耳にしたとたん、私はその腕の中から身を乗り出していた。

『ぼくが……贄に差し出された末王子を食おうとしたからだ』

「「「『——えっ？』」」」

私と閣下、少佐とボルト軍曹、そしてマーティナの絵の声が重なる。

ジジ様はばつが悪そうな顔をして、私達から目を逸らして続けた。

曰《いわ》く、初代アレニウス国王は、竜の目から見ても異質なほどに生命力に溢れた人間であったという。

そして、その血を受け継いだ子供の命ならば、大きな力を得るための糧《かて》になるとジジ様は考えたらしい。

『だけど、その時ちょうど卵を抱いていて母性が強くなっていたパトリシアに反対されて、喧嘩になって……ぼくが負けるに決まってるよね。この体格差だもん』

肩を竦めてそう言うジジ様に、なぜ、と問わずにはいられなかった。

だって彼は、私と違って生粋の竜で、水を自在に操るような大きな力をすでに持っているではないか。

お腹を満たすためというならまだしも、力を得るために人間の赤子を食らおうとするなんて。

しかもそれを棚に上げ、理性もまだないケダモノだったシャルベリの竜神が飢えに苛まれてアビゲイルを食べたことをひどく責めるのは、どうにも理不尽に思える。

そんな思いが顔に出ていたのだろう。

ジジ様はますますばつが悪そうな、不貞腐れたようにも見える顔をした。

『パティには、姉がいると言ったね。ぼくの奥さんみたいな立派な竜らしいじゃないか』

「は、はい……」

『おまえ、姉と自分を比べて辛《つら》くなったことは？』

「それはもちろん、いっぱいありますよ。今だって……」

言いかけて、私ははっとする。

長い間、私は劣等感に苛まれてきた。

同じ親から生まれた同じ先祖返りなのに、どうして姉みたいになれないんだろう、と。

姉に確かに愛されている自信があっても、私自身が彼女のことをどれだけ好きでも、羨望や嫉妬を完全に拭い去ることなんてできなかったのだ。

そしてそれは、強く美しく気高い伴侶を持ったジジ様も同じだったのだろう。

『パトリシアの隣に並ぶにふさわしい竜になりたかった。だって、こんなちんちくりんじゃ……きっといつか見限られてしまうと思ってたんだよ。彼女は、ぼくはぼくのままでいいって言ってくれたのに、あの頃はまだ信じられなくってさ……』

「ジジ様……」

私達はそっくりの子竜姿に生まれつき、そして同じ悩みに苦しんだ。

私はたまらず、湖底に座り込んでいたジジ様を両手で掬い上げ、ぎゅっと抱き締める。

そんな私に両手でしがみついたジジ様は、胸元にぐりぐりと額を擦り付けて叫んだ。

『うあーん、やだやだ、かっこわるい！　あの時のことは、ぼくにとって最大の黒歴史だよ！　後世に語り継がれてなくて心底ほっとしてるんだから、今の話は他言無用で頼むよ!!』

その瞬間である——パチンッ、と頭上で何かが弾けるような音がした。

「えっ……」

ジジ様の力で浮き上がっていた湖の水が、巨大な球体からただの水に戻ったのだ。

まるで頭の上で大きなバケツをひっくり返されたみたいに、ザーッと凄まじい音を立てて一気に降ってくる大量の水を、湖の底に座り込んだ私は唖然として見上げるばかり。

一方、いち早く状況を把握したのは閣下だ。

閣下はジジ様を抱っこした私を抱えて素早く湖の縁へ駆け上がる。

おかげで、間一髪のところで水に呑まれずに済んだ。

それにほっとしたのと時を同じくして、にわかに上の方が騒がしくなる。

どうやら、サルヴェール家に突入した王国軍が、マーティナ達の痕跡を辿ってこの洞窟にまでやってくるようだ。

「――やれやれ、騒がしいことだ。パトリシアの眠りを妨げないでもらいたいね」

気が付けば私は、人間の姿になったジジ様に反対に抱っこされていた。

ジジ様は、この場にいる人間以外に正体を晒す気はないのだろう。

間近にあるその顔は、相変わらず恐ろしいほどに美しいが、私の中でご先祖様――もとい〝おじいちゃん〟という認識が高まったせいか、不思議ともうどぎまぎすることもなかった。

姉のそれとそっくりなジジ様の金色の瞳が、傍らに立った閣下を捉える。

二人はちょうど同じくらいの身長だった。

「パトリシアから離れづらくてずっとこの地で過ごしてきたけれど、自分そっくりの子孫にはやっぱり思い入れも一入《ひとしお》でね。ねえ、ケダモノの眷属。おまえがぼくのパティを蔑ろにしないか、側で見張っていてもいいよね？」

「もちろんでございます。無用な心配だったと笑っておられる未来しかありませんがね。ところで、〝あなた様のパティ〟ではなく、〝私のパティ〟ですので、そこはお間違いのないようお願いします」

黒髪の閣下と白髪のジジ様――対照的な二人の視線が、私の頭上で交わる。

元に戻った余韻で波打っていた湖の水が、一瞬にして凪《な》いだ。

そうこうしているうちに、遠くからしきりにボルト軍曹を呼ぶ声が聞こえてくる。

今回派遣された王国軍一個小隊を率いているという、ウィルソン中尉のものだろうか。

幾人もの慌ただしい足音がすぐそこまで迫っていた。

そんな中、ジジ様から私を受け取ろうと両手を差し出しつつ、ところで、と閣下が口を開く。

「おじい様——服は、どうなさいました？」

「ん？　あー、そういえば……うん、破れたね」

このまま全裸で王国軍を迎えたとて何ら問題ない。

そう主張するジジ様を、もう一度子竜に戻って少佐の外套に包《くる》まるよう、私達が一丸となって説得したのは言うまでもない。

＊＊＊＊＊

半年前に即位した新国王陛下、ハリス・アレニウス。

歴代の国王が受け継いできたという寝室には、豪奢な天蓋付きのベッドとこぢんまりとした木の机と椅子がある。

机の上には相変わらず大きな琥珀の塊が無造作に置かれ、ベッドの側の壁には黄金の額縁に入った絵が飾られていた。

長い黒髪をした若い女性の、ちょうど等身大くらいの上半身の絵だ。

その青い瞳がぱちくりと瞬いて——

『あっらー！　ひっさしぶりー！　よく戻ったわね、マーティナ！　元気にしていたの？』

閣下が抱えてきたマーティナの絵に向かって猛然としゃべり始めた。

『んっもー、聞いてよ、マーガレット！　カビくさい宝物庫の中で埃まみれにされて散々だったわぁ！』

『こっちも、あなたがいなくてつまんなかったわ！　国王達の寝言や歯軋《はぎし》りにも飽き飽きしていたところよ！』

『あらまあ！　それじゃ、私が宝物庫の先輩達から教えてもらった話でも聞く？　ざっと五十年分くらいあるんだけど！』

『聞く聞くぅ！　ちょっと、ハリス！　あんたも一緒に聞きなさいよ！　今夜は寝かせないわよ！』

シャルベリの竜神に捧げられた五番目と六番目――叔母と姪の関係にあったらしいマーガレットとマーティナをモデルに、対として描かれた彼女達は二人で一つ。

ようやく再会叶って、お互い積もる話があるのだろう。

きゃっきゃと楽しそうな彼女達に対し、現在アレニウス王国を統《す》べるこの部屋の主は――

「うわあああ……余計にうるさくなった……っ!!」

目の下にくっきりと隈を拵《こしら》えて頭を抱えていた。

洞窟に突入してきた王国軍本隊によって、気絶したマーティナと家令は呆気なく捕らえられた。

斥候役を任せたもののやはり心配だったのだろう。ウィルソン中尉はボルト軍曹の無事な姿を確認したとたん、上官ではなく叔父の顔になって彼を強く掻き抱いた。

王国軍は事後処理のために、この後数日はサルヴェール家に滞在するらしい。

ボルト軍曹も然りで、アイアスは当たり前のように彼の側に寄り添っていた。

一方、その日のうちに帰りの汽車に飛び乗った私達は、翌日の午後には王都に到着。

私と閣下、少佐とロイ、それから子竜のぬいぐるみに憑依して付いてきた小竜神――前回と同じ顔ぶれでもって、陛下に謁見することとなった。

案内役はこちらも前回同様、王国軍大将ライツ殿下である。

マーガレットの絵に急かされたライツ殿下が、マーティナの絵と並べて壁に飾ると、陛下は絶望したような顔になった。

「ね、ねえ、シャルロ君。相談なんだけど……この絵、やっぱり二枚ともシャルベリ家で引きとってもらうわけには……」

「参りません」

「いやでも、もともとシャルベリ家のものなんだし、彼女達も里帰りがしたいんじゃ……」

「お断りいたします」

どうにか穏便に絵を遠ざけたいらしい陛下の提案を、閣下は食い気味に否定する。

そうして、にっこりと微笑んで続けた。

「そんなことより、陛下――マーティナの絵の回収と銘打って、我々をマーティナ・サルヴェールの摘発に利用なさいましたね？」

穏やかな口調であったにもかかわらず、そこに含まれた閣下の怒気に腕が粟立《あわだ》つ。

うわ、閣下めちゃくちゃ怒ってる……、と少佐も小声で呟いた。

にもかかわらず、怒りの矛先を向けられたはずの陛下、そしてライツ殿下はさすが肝が据わっている。

涼しい顔をして、閣下の怒りを受け流した。

「あははー、やっぱりばれたかー」

「俺は正直、パトリシアを巻き込むのは反対だったんだが……陛下は言い出したら聞かないものでな」

悪怯れる様子のない陛下と、肩を竦めるライツ殿下。

そんな二人に対し、閣下は笑顔のまま続ける。

「私は、曲がりなりにも軍人ですので、陛下や殿下の手駒となることに不満はありません。モリスも――私の部下もそれは同じでしょう。ただ――」

マーガレットとマーティナの絵を飾った壁に背を向けて陛下が椅子に座り、その側にライツ殿下が立っていた。

そんな二人の前に、閣下は一歩進み出る。

その一歩の重みを表すように、固い軍靴の踵がカツンと音を響かせた。

「私にとって、部下は守るべきものでもあります。部下自身も、そして彼の帰りを待つ家族も、私が守るべきシャルベリの民です。たとえ陛下であろうとも、その命を自由にしていいはずがありません」

この時、私と少佐がいたのは閣下の背後。

けれども、陛下とライツ殿下の後ろの壁に丸い鏡が掛かっており、そこに映り込んでいたがために閣下の表情がよく見えた。

その顔からは、すでに笑みは消えていた。

鏡に映った閣下の口が動いて、それから、と一切の温もりを排除したような声が続ける。

「軍が派遣されるような事案に、パティを——妻を巻き込まれたことに、強い憤りを覚えております。彼女は私にとって命より——僭越《せんえつ》ながら、お二方への忠誠よりも勝《まさ》る存在。飼い犬に手を噛まれたくないのであれば、とくとご留意くださいませ」

毅然とした閣下の言葉に溢れんばかりの愛情を感じて私は胸が熱くなる。

隣では少佐が、ひゅう、と茶化すみたいに口笛を吹いた。

一方、陛下とライツ殿下は顔を見合わせて困った顔をする。

「うん、まあ、悪かったよ。君がパトリシアに骨抜きだってことはちゃんと肝に銘じるから、噛まないでもらえるかな?」

「言い訳に聞こえるだろうが、お前達——特にパトリシアには傷一つ付けるつもりはなかった。そのために、六十名もの人員をこの作戦に投入したんだからな」

「最初から事情をお話ししてさえいただければ、こちらも快く従えたでしょう。それとも——お二方は、私が信用ならないとでも？」

「「悪かったって」」

さらに一歩前に踏み出した閣下に、陛下とライツ殿下はついに降参とばかりに両手を上げた。

「パトリシアとモリス君もごめんね。怒ってる？」

閣下の向こうからひょいと顔を出した陛下が、苦笑いを浮かべて問う。

少佐は即座に姿勢を正し、陛下に向かって敬礼をした。

「いいえ。私は今後も、閣下を信じてついていくだけでございます」

私達を庇うように立つ閣下の背中を見つめ、誇らしげにそう答える。

そんな彼の隣で、私もきっぱりと——


「——はい、怒ってます」


そう告げた。

「「「えっ⁉」」」

陛下とライツ殿下と少佐、それから閣下までもが目を丸くして私を見る。

自分に視線が集まったことに一瞬怯みそうになったものの、私はぐっと両手を握り締めた。

そして閣下と、その向こうにいる陛下とライツ殿下から目を逸らしてしまわないよう踏ん張って言葉を続ける。

「閣下が私を思ってくださるように、私にとっても閣下は大切な人なんです」

「パ、パティ……」

「守られているばかりじゃない。私も、閣下を守りたい。少佐も、ロイも、シャルベリの皆を守りたい。だって、私は閣下の――シャルベリ辺境伯閣下の、妻ですもの！」

「パ、パティー‼」

ふんす、と鼻息荒く言い切ったとたん、私は閣下の腕の中にいた。

ぎゅうぎゅうと、苦しいくらいに抱き締められる。

抱き返そうと腕を回した背中は大きくて、とてもじゃないが私の手には余った。

子竜のちっちゃな手ならば余計にだろう。

それを歯痒く思うことが、きっとこれからもたくさんあると思う。

その度に、私はまた自分の落ちこぼれっぷりに悩むに違いない――けれど。

「パティ、とおとい……」

こうして、惜しげもない肯定をくれる閣下と一緒ならば、なんとかなりそうだと思えた。

「ううっ、ぐすっ……立派になったねぇ、パトリシア。お兄さんは感動したよ」

「お兄さんじゃなくて、おじさんだろ」

閣下の肩越しに、泣き真似をする陛下と呆れ顔のライツ殿下が見える。

私はそんな二人ににっこりと微笑みかけると……

「とにかく、今回のことは詳しく報告しておきますね？　——姉に」

「「やめてっ……‼」」

とたんに蒼白になって悲鳴を上げた陛下とライツ殿下を見て、少しだけ胸のすく思いがした。


マーティナ・サルヴェールは、元々の黒幕である次官の庶子だったらしい。

父の気まぐれな訪問を待つばかりの母を哀れみ、そして軽蔑していた。

母のように男に依存するだけの人生は歩むまい、と自立を目指して猛勉強の末、王宮勤めの役人の地位を得たのが、ちょうど今の私と同じ年齢の頃。

ところがその裏で糸を引いていたのは父である次官で、優秀な自分の娘を側に置いて悪事の片棒を担がせようという魂胆だった。

母の生活と自身の地位、その両方を人質に取られた形で、それからのマーティナの人生は実の父である次官に利用されていく。

彼女がサルヴェール家に嫁ぐことになったのも、次官の意向だ。

辺境地ゆえに中央の目が届きにくいかの地に、次官は汚れた金を貯め込んで、その見張りとしてマーティナを置いたのである。

マーティナは、そんな自らの人生に絶望していた。

同時に、父のような汚れ切った人間をのさばらせているアレニウス王国をも見限ったのだろう。

洞窟の中で対峙した時、眩しいものを見るような目を閣下に向けた、彼女のひどくせつない声を思い出す。

『清廉潔白な人……私もパトリシアさんくらいの年頃に、あなたのような男性と巡り合えていたら……そうしたら、もっと違う人生を歩めたのかしら……』

政権交代がなされて父である次官が失脚した後、すでに手を汚しすぎていた彼女は祖国を捨て、新天地で一からやり直すことを決意する。

隣国ハサッドへと通じるトンネルを掘る作業には、サルヴェール家の使用人や周辺の若者も駆り出されたが、彼らには考古学調査の一環であると説明されていた。

十分な賃金が支払われていたことと、始まりの竜の伝説を持つ土地柄ゆえに、これまでも学者達が同様の調査を頻繁に行《おこな》っていたため、不満や疑念を持つ者はいなかったようだ。

一方家令は、元々の黒幕である次官の息が掛かった人間で、マーティナがサルヴェール家当主となった際に補佐役として送り込まれたらしい。

彼はマーティナに対して好意を抱いていたようで、サルヴェール家の使用人の間では二人は愛人関係にあると思われていた。

「そこまで調べがついていて、なぜ今、わざわざ我々のような部外者を送り込んだのか……甚だ疑問です」

私の隣に座った閣下が、ため息まじりにそう呟く。

陛下の寝室から私室のテラスに場所を移し、私達はお茶をいただきながら今回の事件に関して説明を受けていた。

けれども、聞けば聞くほど、マーティナの絵探しという口実を与えられてまでサルヴェール家に派遣された理由が分からなくなる。

というのも、陛下は妹であるエミル殿下を通してハサッド王国にも情報提供しており、かの国の反政府勢力はすでに一網打尽となっていたらしいのだ。

つまりはあの時、もしもマーティナと家令がまんまとトンネルを潜《くぐ》れたとしても、待ち受けていたハサッド王国軍により密入国の現行犯で即刻逮捕され、次官の隠し財産ごとアレニウス王国に強制送還されていたことだろう。

マーティナと家令の亡命騒ぎなど、茶番にすぎなかったのだ。

むむむ、と難しい顔をする私の隣から、向かいに座った陛下に対して閣下が続ける。

「陛下が本当に取り戻したかったのは、マーティナ・サルヴェールが持ち逃げしようとしていた次官の隠し財産ではございませんね？」

「……おや」

「取り戻さねばならなかったのは、先々代の国王陛下がサルヴェール家にお下げ渡しになった、あの土地そのものだったのではございませんか」

「ふむ……何故、そう思う？」

陛下はテーブルに頬杖をついて面白そうな顔をする。

彼の隣に立ったライツ殿下は、先を促すように閣下に向かって顎をしゃくった。

「あの地には、アレニウス王家の権威の象徴として長らく語り継がれてきた竜の遺骨が眠っていました。そして、側にはその伴侶が――始まりの竜が今もまだ生きている」

「へえ？」

「陛下はそれをご存知だった――いや、お知りになられたのでしょうか。何らかのことをきっかけに」

「さあねぇ」

陛下の薄っぺらい相槌《あいづち》にも、閣下の態度は泰然としたものだ。

そんな彼を、ライツ殿下は固く口を閉ざして見据えている。

閣下はなおも続けた。

「我々にマーティナ・サルヴェールにかかった嫌疑を伏せたのは、私が騒動の最中にパティを連れていくことを厭《いと》うとお考えになったからではございませんか。陛下は、どうしてもパティをあの地に向かわせたかったのでしょう」

「……」

ついに、陛下も沈黙した。

けれども、その端整な顔には穏やかな笑みが浮かんでいる。

閣下はそれを許しと取って、最後まで語った。

「本当の目的は、ルイジーノ様――完全に隠居を決め込んでいらっしゃった始まりの竜を、今一度表舞台に引きずり出すことだったのではございませんか？」

陛下もライツ殿下も、それには何も答えなかった。

肯定はしなかったが、否定もしなかったのだ。

閣下もそれ以上突き詰めるつもりはないらしく、差し出がましいことを申し上げました、とだけ告げて口を閉ざした。

陛下の思惑通りかどうかは定かではないが、ジジ様はサルヴェール家を離れて私達と一緒に王都へとやってきている。

どうやら洞窟でマーティナに言った通り、今度は私に世話になる――つまり、シャルベリ辺境伯領に来るつもりのようだ。

そんなジジ様が、どうして今この場にいないのかというと……

「パ、パパパパパパ、パトリシア――!?」

登城する前に寄ったメテオリット家で、子竜になってひっくり返ってしまったためである。

その時彼が目の当たりにしたのは、兄様を壁にめり込ませた姉――黒い立派な竜の姿。

何でも、姉が産休をとったとたんに、兄様に色目を使う女が増えたとか何とかで、悋気《りんき》を募らせてのことらしい。

竜となった姉の姿形は、思っていた以上にジジ様の妻である最初の雌竜にそっくりな上――

「ひええええええ……ご、ごめんなさいいいい‼」

どうやらジジ様はドが付く恐妻家だったようだ。

ぽっこりお腹を上に向けて気を失った真っ白い子竜は、長兄が蔵から掘り出してきた、私が赤ん坊の頃に使ったらしい揺りかごに寝かされた。

私と色違いなだけでそっくりなちんちくりんの竜が、アレニウス王国が創られる以前から生きてきたメテオリット家のご先祖様だなんて、いきなり知らされた姉達にはさぞ信じ難《がた》かったことだろう。

第九章　竜神祭と生贄の乙女

わんわん、わんわん、とけたたましい犬の鳴き声が立ち並ぶ木々の合間に響き渡る。

精悍《せいかん》な顔付きをした数頭の犬が吠え立てながら、立派な角を持った大きなオスの鹿を追っていた。

やがて、その眼前に高い岩壁が立ちはだかる。

すると鹿は、その驚異的な跳躍力でもって犬達には到底太刀打ちできない崖を駆け上がり、まんまと逃げ果せた――かに見えた、その時である。

ヒュッ、と風を切る音が聞こえたかと思ったら、鹿の左前足の付け根やや後ろ――ちょうど心臓の辺りに深々と矢が突き刺さった。

ぐらり、と鹿の身体が横向きに傾く。

そのまま力なく宙に投げ出された亜麻色の巨体は、次の瞬間ドウッと音を立てて地面に沈んだ。

一連の光景を固唾を呑んで見ていた私は、ここでやっと一息を吐く。

そんな私に、すぐ隣からはしゃいだ女性の声がかけられた。

「あらまあ、パティ！　誰の矢が鹿を仕留めたのか分かるかしら？」

「はい、お義母様。ええっと……」

前回の狩りから、そして姉の出産およびサルヴェール家での出来事からもうすぐ一月《ひとつき》。

この日またシャルベリ辺境伯軍は、領地を囲む山脈にて軍事訓練を兼ねた狩りを行《おこな》っていた。

足が不自由なお義母様とその車椅子を押す私がいるのは、鹿が絶命した岩壁から見て右手にある高台の上——一月前の狩りの時とは別の場所だが、同様に万が一にも流れ矢の届かない位置にある。

背後に広がる高原には大きなテントが張られ、すでに仕留められた三頭の鹿が早々に解体されているようだ。

今まさに本日四頭目の獲物となった、あの大きな鹿を仕留めた矢に私は目を凝らす。

その矢羽は——白。

そして、黒い愛馬に跨り木立の向こうから真っ先に飛び出してきた閣下の、その背にある矢筒からは白い矢羽が覗いていた。

「閣下……閣下です、お義母様！　あの鹿を仕留めたのは閣下の矢ですよ！」

「まあまあ！　あの子、ついに旦那様から一本取ったのね！」

私はお義母様と手を握り合って喜ぶ。

岩壁の下では、遅れてやってきた旦那様が馬の首を並べ、閣下の肩を叩いてその栄誉を讃えた。

そんな中、ふいに閣下がこちらを見上げ、空色の瞳が私を捉える。

とたんに端整な顔が柔らかく綻び、黒い軍服の袖に包まれた長い腕が大きく振られた。

おずおずと手を振り返す私の側では……

「あーもー、遠すぎて見えないけど分かりますよ。閣下、絶対緩み切った顔してるでしょ？」

「うん、デッレデレだな。あいつ、ちょっとぼくのパティのこと、好きすぎないか？」

少佐とジジ様が並んで、岩壁の下の閣下に対してぼやく。

ただし――後者の口の端からは赤いものが零れていた。

「うっわ、ちょっ……ルイジーノ様⁉　ち、血⁉　滴《したた》ってますけど⁉　一体何、食い殺してきやがったんですか⁉」

「そんな、ひとをケダモノみたいに言わないでくれる？　あっちで鹿を解体していたから、ちょっと新鮮な内臓つまみ食いしてきただけだよー」

「まあまあ、ルイジーノさんったら。こちらにいらして、食いしん坊さん。拭いて差し上げますわ」

相変わらず何事にも動じないお義母様はさすがだが、本来であれば少佐の反応の方が普通だろう。

花の刺繍を施した可愛らしいハンカチで口元の血を拭ってもらっているジジ様の上機嫌な顔を見て、私は小さくため息を吐いた。

マーティナに宣言した通り、ジジ様は私の側で――シャルベリ辺境伯領で暮らすことにしたらしい。

陛下やライツ殿下は王都に留まるよう強く望んだが、絶対嫌だの一点張りだった。

どうやら、亡き妻に似すぎている姉の側にいるのは辛《つら》い――いや、怖いようだ。

幸い、閣下のご両親――前シャルベリ辺境伯夫妻であるお義父様とお義母様は、そんなジジ様を歓迎してくれた。

それでも、メテオリット家の娘でありながら竜神の最初の生贄となったアビゲイルのことでシャルベリをよく思っていないと豪語していただけに、最初のうちは彼が何かしでかしやしないかと私は気が気ではなかった。

ただ、事情を知った閣下と義両親が当時のシャルベリ領主の行いを悔いるのを見たジジ様は……

「アビゲイル自身は、シャルベリにちっとも恨みはないみたいだけどね」

と肩を竦めると、それ以上過去に関して何も言わなくなった。

それからというもの、シャルベリ辺境伯家の使用人やシャルベリ辺境伯軍の軍人達とも早々に打ち解け、町にも知り合いがたくさんできて毎日楽しそうにしている。

しかしながら、生粋の竜であるジジ様を迎えた影響は皆無とはいかなかった。

「小竜神様、大丈夫ですか？」

私の肩にへばりつき、髪に隠れるようにしてプルプルと震えているのはピンク色の子竜のぬいぐるみ――もとい、それに憑依した小竜神だ。

小竜神は相変わらずジジ様が怖いようで、彼の側には極力寄り付かないようにしているが……

「おまえも食ってやろうか、ケダモノの眷属。きっと、まずいんだろうけど」

『ひいっ……』

ジジ様は隙あらばちょっかいをかけて、その反応を楽しんでいる風であった。

「ジジ様、いじわるしてはだめですよ」

「いじわるじゃないよ、パティ。本当のことだよ。だってこいつの中身、綿だもん。まずいに決まってるじゃないか」

「もう……そういうことではなくて」

「ケダモノ本体なら、少しは食えるかもしれないけどねぇ」

そんな、冗談なのか本気なのか分からないことを言い残し、ジジ様はさらにつまみ食いをしようとテントの方へ消えていった。

私は怯える小竜神を撫でてやりながら肩を竦める。

その時だった。

ガサガサ、と音を立てて近くの茂みが揺れる。

前回の狩りの際、アーマー中尉の犬が茂みから飛び出してきたのを思い出して、私はドキリとした。

サルヴェール家で世話になったアイアスと同じ犬種の、口の周りから目にかけては黒、それ以外は赤褐色の毛むくじゃらだ。

けれども、腰に提《さ》げたサーベルの柄に手をかけた少佐が私の前に躍り出ると同時に姿を現したのは——犬ではなかった。

「――うわっ、猪か！　パトリシア様、じっとしててください！」

「は、はい……」

茂みから飛び出してきたのは猪だった。

しかも相当の大物だ。丸まると太っていて、背中に銀色の鬣《たてがみ》がある。

牙は長く反り返り、両目は血走っていた。

「ま、まずいまずいまずい……パトリシア様、絶対に動かないで！　私の背後にいてくださいね！」

「しょ、少佐……」

珍しく切羽詰まった少佐の声に、否《いや》でも緊張が高まる。

テントで獲物の解体作業をしていた軍人達もこちらの状況に気付いたようだが、興奮した猪を刺激するのを恐れ、遠巻きにして手を出しかねている様子。

そんな中、またもやガサガサと茂みが揺れて、新たに飛び出してくるものがあった。

「わんっ！　わんわんわんっ!!」

「うわっ、よりにもよって……こいつの仕業か！」

少佐が思わずといった様子で悪態を吐《つ》く。

けたたましく吠えながら姿を現したのは、なんと件《くだん》のアーマー中尉の犬だった。

どうやら鹿追いの一団から外れた末に、運悪く猪を見つけて徒《いたずら》に追い立ててしまったようだ。

どう考えても手に余る相手だというのに、幼い彼にはそれが分からないのか。よせばいいのに、猪の尻にガブリッと齧《かじ》り付いた。

グオオッ、と凄まじい咆哮《ほうこう》を上げ、猪が後ろ足を蹴り上げる。

元凶であるアーマー中尉の犬は一撃で吹っ飛ばされて退場し、後には怒り狂った猪が残された。

ガッガッ、としきりに前足で地面を蹴って威嚇している。

少佐がゆっくりとサーベルを引き抜き構えた、その瞬間。

一直線に突っ込んできた猪の牙を、少佐は果敢にも刃でもって受け止める。

しかし、鍔《つば》迫《ぜ》り合いに持ち込んだのも束の間——少佐がいかに鍛錬を積んだ軍人であっても、人間の腕力で敵う相手ではなかった。

猪がぶんっと大きく鼻先を振ると、少佐の身体はまるで木の葉のように簡単に薙《な》ぎ払われてしまう。鋭い牙に抉《えぐ》られなかったのだけが、不幸中の幸いだった。

しかし、それにほっとしている余裕は私にはない。

少佐がいなくなったことで、今度はその背に隠されていた自分が猪と対峙する羽目になったからだ。

「パティ、お逃げなさいっ！」

初めて聞くお義母様の焦った声に、私は自分の置かれた状況のまずさを思い知る。

けれども、動くに動けなかった。恐怖で足が竦んでいたのもその理由だが、何より後ろには車椅子に乗ったお義母様がいる。

私が逃げてしまったら、次に危険に晒されるのは確実にお義母様だ。

ドクッ！　ドクッ！　ドクッ！　と鼓動が激しくなった。それでも、私は胸を押さえて懸命に堪《こら》える。

子竜になんてなっていられない。ちんちくりんの子竜では、一瞬たりとも盾の役目を果たせない。

「大丈夫……大丈夫よ……私は、竜の先祖返り。普通の人より、丈夫だもの……」

かつて犬に翼を食い千切られた時だって、あの血溜まりの中から生還したのだ。傷なんて跡形もなく完治していたし、今では翼だって再生しているではないか。

凄まじい恐怖に打ち勝つために、大丈夫、大丈夫、と必死に言い聞かせて自分を鼓舞する。

その間も、少佐が吹っ飛ばされたのを見て手をこまねいている場合ではないと思ったのか、解体係の軍人達が声を上げたり物を叩いたりして、猪の注意を私から逸らそうとしてくれる。

槍を持ってこい！　いや、弓だ！　と鋭い声も飛んだ。

けれども、完全に頭に血が上っているらしい猪の耳には届かない。

その目は、すでに私を次の標的と定めてしまったように見えた。

無理だ！　逃げて！　と、頭の中に小竜神の声が響く。

血走った猪の目が恐ろしくて恐ろしくて……私がついに両目を瞑ってしまいそうになった——その時だった。

ドーン、と。

すぐ横の崖の下から馬が飛び出してきたのは。

「えっ……⁉」

前回の狩りの時と同じ光景に、私は瞑りかけていた両目を見開く。


「――パティ‼」


ガツンッ！　と蹄を地面にめり込ませて着地した馬の背から、黒い軍服をはためかせて飛び下りたのは閣下だった。

そのまま勢いを殺さず、猪の無防備な横っ腹に強烈な蹴りを食らわす。

悲鳴を上げる間もなく横向きに吹っ飛んだ猪は、近くの岩場にぶつかって動かなくなった。

どうやら頭を打って目を回したようだ。

とたんに、解体係の軍人達がわあわあと走り寄ってきて、素早く猪を縛り上げた。

彼らに助け起こされた少佐は幸い打身だけで大きな怪我《けが》を負っていなかったが、火事場の馬鹿力、こわ……と閣下を見上げて顔を引き攣らせている。

一方、猪の行く末になど目もくれず一直線にこちらに駆け寄ってきた閣下は、お義母様の前に立ち塞がって硬直していた私を抱き締めて頬擦りをした。

「ああー、よちよち！　怖かったねぇ！　下から見ていた私も生きた心地がしなかったよ‼」

「か、閣下……」

「はうわわわ！　涙目、かわわわっ……じゃなくて、モリスー!?　お前、猪と正面からぶつかり合って勝てるわけないだろう！　大丈夫かっ!?」

「すみませーん、閣下ー。最初の一撃を受け止められた時は、いけるかもって思ったんですけどね……って、うわあっ!?」

突然の悲鳴に、何ごとかと驚いた私は閣下の腕の中から少佐を見遣る。

すると、地面に座り込んでいた彼に飛び付いて、その愛犬ロイが顔中をベロベロ舐め回していた。

閣下と同じく下の狩場にいたロイも少佐の危機を察して駆け付けたのだろう。

続いて、お義父様や一緒に狩りをしていた軍人達も次々と到着し、私達の無事な姿を見て一様に安堵の表情を浮かべた。

唯一、猪を追い立てた犬の飼い主であるアーマー中尉だけは死にそうな顔をしていたが。

目を回して縛り上げられた猪を、解体係の軍人達がテントの方へと運んでいく。

テントの側にはジジ様が立っていた。

しかし――

「ジジ様……？」

彼は新鮮な猪には目もくれず――ただじっと、その金色の瞳に私を映していた。

＊＊＊＊＊＊

ジジ様を迎えて一月《ひとつき》が経ったこの日、シャルベリ辺境伯領は一年の中での大きな節目を迎える。

周囲に聳《そび》える高い山脈のせいで深刻な水不足に悩まされていたこの地では、かつて竜神に生贄を捧げて雨乞いをしていた。

そうして犠牲になった乙女達を慰めるために、現在でも一年に一度、シャルベリ辺境伯領の中央に位置する貯水湖を舞台に竜神祭が執り行われる——今日がその日だった。

貯水湖の中州《なかす》に立った竜神を祀る神殿に乙女役の女性を置き、それを迎えに行くという体《てい》で、有志の男性達が湖岸から一斉に泳いで彼女のもとを目指すのだ。

長い歴史のある竜神祭だが、主催するのはシャルベリ辺境伯家ではない。

そもそも生贄の乙女というのは、代々この地を治めてきた領主の娘達であり、シャルベリ辺境伯家はこの領主一族の末裔である。祖先が自ら生贄を差し出して雨を乞うたくせに、子孫がそれを奪い返すという主旨の祭りを主催するわけにはいかないのだろう。

そのため、古くから領民の代表が主催者として選ばれており、近年では歴代の商工会長が務めることになっていた。

祭りは毎年盛況で、貯水湖を囲む大通りも馬車の往来が禁止されて一部は観客席となる。

現シャルベリ辺境伯夫妻である閣下と私には、来賓として神殿の正面にあたる特等席が用意されるらしい。

また、毎年必ず、酔って貯水湖に飛び込む者が続出するため、シャルベリ辺境伯軍の一個小隊が祭りの警備に当たる。

それを率いることになっているアーマー中尉が、妻である中佐とともに真っ青な顔をしてシャルベリ辺境伯家を訪ねてきたのは、その日の早朝のことだった。

彼らが用があったのは、前夜祭だ何だと言ってお義父様と少佐の父トロイア卿と一緒に酒盛りし、そのままシャルベリ家に宿泊していた商工会長だったのだが、当人はいまだ夢の中。

閣下がアーマー夫妻を朝食に誘って、代わりに用件を聞くことになったのだが……

「ええっ⁉　妹さんが——家出⁉」

なんと、今日の祭りで生贄の乙女役を務めるはずだったアーマー中佐の末妹が、昨夜置き手紙をして姿を消してしまったというのだ。

私と同い年だという彼女が、乙女役に乗り気ではないことは聞いていた。

それで父親と揉めている、とアーマー中佐がぼやいていたのもよく覚えている。

「あの子、建築に興味があって、ずっと王都へ行きたがっていたんです。どうしても師事したい憧れの建築家がいるとかで。何度も手紙で自分を売り込んだ末、その熱意を汲まれて弟子入りを許されたらしいんですけど、父がそれに猛反対したみたいで……」

アーマー中佐の両親は、女性の社会進出に否定的な考えを持っており、長女である中佐の出世にもよい顔をしないような人達だった。

末娘に生贄の乙女役をさせようとしたのは、あわよくばそれで相手を見つけて家庭に収まってほしい、という思いがあったからのようだ。

王都で弟子入りなんて以《もっ》ての外《ほか》。父親は、彼女に無断で件《くだん》の建築家に断りの手紙を出してしまったらしい。

それを聞いた閣下は苦々しい顔をして腕を組んだ。

「いくらなんでもひどい話だな。親が子の人生を阻んでどうするんだ」

「妹もそれはもう怒り狂って、父の秘蔵のワインを一本残らず叩き割って我が家に逃げ込んできたんですけど」

「さすが、中佐の妹。火力が強いな」

「昨日、生贄の乙女役の衣装を届けに来た母ともう一悶着あったらしく、私達が仕事を終えて帰宅した時にはもう……」

置き手紙には、姉夫婦に迷惑をかけたことへの謝罪とともに、件の建築家に直接会ってもう一度弟子入りを頼んでみる旨が記されていたらしい。

アーマー中佐はそんな末妹を応援する一方、その後始末に頭を悩ませていた。

アーマー中佐の末妹が生贄の乙女役を放り出してシャルベリ辺境伯領から去ったのは、保守的で押し付けがましい両親への意趣返しだろう。

とはいえ、それで困るのは彼女の両親だけでなく、竜神祭に関わる大勢の人々もだ。

一番に神殿に辿り着いた男性は乙女役の女性にデートを申し込む権利を得る、という暗黙の了解があることから、いきなり祭り当日に代役として出てくれと言われて手を挙げる娘はいないだろう。

かといって、生贄の乙女の催しは祭りの目玉であるため、中止にするのも容易ではない。

「あの子が王都で成功してもしなくても、いつか故郷が恋しくなるかもしれません。その時、帰りづらい状況だったらと思うと、かわいそうで……」

そう言って、いつもは気丈なアーマー中佐がほろりと涙を流す。

せっかくの祭りをぶち壊したとなれば、本人や両親のみならず、アーマー夫妻やその子供を含めた一族全員が、シャルベリ中から顰蹙《ひんしゅく》を買うことにもなりかねない。そういった状況にもかかわらず、末妹を責める様子は少しもなかった。

そんなアーマー中佐に、いつも自分を想ってくれていた優しい姉の姿を重ね、私はぎゅっと胸が苦しくなる。

なんとか力になれないだろうかと思った、その時だった。

「——なら、パティが代わりをやってあげたらいいんじゃない？」

「はぁ!?」

「ふえっ!?」

ふいに聞こえてきたのは、どこか気怠《けだる》げなジジ様の声。

その思いも寄らない提案に、閣下は素っ頓狂な、対して私は間抜けな声を上げた。

まるで退廃的な夜を過ごしたかのように、シャツの前を開けて白い肌を晒し、凄まじい色気を振りまきながら朝食の席に現れた美貌の人に、普段ジジ様を見慣れているはずのアーマー夫妻さえも絶句する。

私は慌てて彼の側まで飛んでいって、シャツの前を合わせて目に毒な素肌を隠した。

幸いと言うべきは、血の繋がりがあるせいか、はたまた孫扱いされるのに慣れたおかげか、私がジジ様の美貌に耐性ができたことだ。

眩いばかりの笑みを至近距離で浴びても怯まず、彼のシャツのボタンを上から一つ一つ留めていると、いい子いい子と頭を撫でられた。

「やってあげよ、パティ。ぼくも一緒にケダモノの神殿とやらに行ってあげるからさ」

「で、でも、ジジ様。生贄の乙女役は、未婚の女性と決まっていて……」

「それは正規の場合でしょ。パティはあくまで代役なんだから、細かいことはいいんじゃない？　おじいちゃん、可愛い孫の晴れ姿が見たいなーあ」

「晴れ姿って……でも、勝手に決めていいことじゃないですし……」

ジジ様の提案に私がおろおろしていると、パンッ、と手を打ち鳴らす音とともに新たな声が加わる。

「それは妙案ですな、ルイジーノ様！　パトリシア様はいまや時の人！　祭りが盛り上がること請け合いですよ！」

「でしょう？」

やってきたのは、商工会長と、それに続くトロイア卿とお義父様だった。

どうやらジジ様は退廃的な夜を過ごしたわけではなく、ただお義父様達の飲み会に参加していただけのようだ。

あまりお酒に強くないお義父様は、二日酔いなのか少々顔色が優れない様子。

そんなお義父様と同じくらい青い顔をした人がもう一人いた。閣下である。

「ま、ままま、待って！　待ってくれっ‼　それはつまり、不特定多数の男どもがパティを目指して泳ぐってことか⁉」

とんでもない！　と吼えた閣下に、ジジ様はにやりと人の悪い笑みを浮かべる。

「そうだけど、何か問題でもあるかい？」

「大ありですよ！　どこの世界に、妻を餌にされて平気な男がおりますかっ‼」

「おまえも祭りに参加して、一番にパティのもとに辿り着けばいいだけの話じゃないのかな？　それとも、まさか自信がないの？」

「そんなあからさまな挑発には乗りませんからね！」

閣下は頭を撫でられていた私を慌てて引き寄せて、ジジ様を威嚇するように睨む。

私としても、アーマー中佐の力になりたいのは山々だが、祭りの主役ともいえる重要な役目はさすがに荷が重いと思った。

ともあれ、シャルベリ辺境伯領の最高位にある閣下が拒否したのだから、この話はなくなるだろう、とほっとしかけた時のこと。

思いも寄らない声が響いた。

「面白そうな話をしているじゃないか。その祭り、俺も参加するぞ」

本日の朝食の席は千客万来である。

カツカツと軍靴の踵を鳴らして、アレニウス王国軍の上層部にのみ許された白い軍服の人物が現れた。

一瞬ぽかんとした顔をした閣下だったが、すぐさま我に返って姿勢を正す。

アーマー夫妻もそれに倣った。

「ライツ殿下――いえ、王国軍大将閣下。なぜ、こちらに?」

「いやなに、ちょっとした野暮用だ」

何の前触れもなくシャルベリ辺境伯邸に現れたのは、王弟であるライツ殿下だった。

シャルベリ辺境伯軍はシャルベリ辺境伯家の私兵団だが、広義においてはアレニウス王国軍の一部ともいえる。

その場合、アレニウス王国軍の長であるライツ殿下は、シャルベリ辺境伯軍司令官を務める閣下の上官とも言えるわけで……

「アレニウス王国軍大将としてシャルロ・シャルベリに命じる――パトリシア・シャルベリに生贄の乙女を務めさせろ」

いきなり現れていきなり権力を振り翳《かざ》すライツ殿下を、閣下はこの時、刺し殺しそうな目で睨んでいた。

＊＊＊＊＊

貯水湖の真ん中にある竜神の神殿と湖岸を繋いでいた跳ね橋が引き上げられる。

祭りが終わるまで、ここは寄る辺《べ》ない浮島となった。

神殿などと大層に呼ばれているが、実際は竜神と乙女を象った石像と祭壇が置かれているだけの小さな祠《ほこら》だ。

賑《にぎ》わう湖岸とは対照的に、古めかしく物寂しい石造りの建物の袂《たもと》で、私は自分の格好を見下ろしてため息を吐いた。

「まるで花嫁衣装のようじゃないか。まあ、実際の生贄の乙女達にとっては死装束になったんだろうけど？」

「ジジ様……」

縁起でもないことを言うのは、宣言通り竜神の神殿に同行したジジ様だ。

彼の思いつきを発端とし、私はこの日、急遽アーマー中佐の末妹の代わりに竜神祭の生贄の乙女役を務めることになった。

着せられたのは、やたらと手触りのいい白一色のローブである。歴代の乙女役が受け継いできたそれは、柔らかな動物の毛で作られた随分な値打ちものらしい。

生贄の乙女役は本来、竜神の神殿に一人きりで残されるのが習わしだが、可愛い孫に寂しい思いをさせるのは忍びない、とか何とか言ってジジ様が同行を認めさせてしまった。

そもそも、閣下ともそう変わらない年格好のジジ様が、堂々と私の〝おじいちゃん〟を名乗っていることに誰も疑問を持たないのは、生粋の竜たる彼の成せる業《わざ》か。

私は隣に佇む真っ白いご先祖様越しに、閣下の瞳みたいに青一色の空を見上げてまたひとつため息を吐いた。

「えー……お集まりいただきありがとうございます。本日はお日柄もよく――」

湖岸では、竜神祭の主催者である商工会長が恰幅のいいお腹を揺らして開会の挨拶に立った。

彼が今の今まで座っていた主催者の席は、この日に限って馬車の往来を禁止した大通り――シャルベリ辺境伯邸の表門の前付近に設置され、その隣が来賓席になっている。

閣下と私が座るはずだったそこには、今は代わりにお義父様とお義母様の姿があった。

そして、肝心の閣下は……

「ご覧よ、パティ。彼、やる気満々だよ」

「閣下……」

シャルベリ辺境伯邸を背にした来賓席から湖岸に沿って右回りに視線をずらしていくと、ちょうどシャルベリ辺境伯領中央郵便局の前にその姿を見つけることができた——背後に、大応援団を従えて。

閣下の腹心モリス少佐とその妻子を筆頭に、アーマー中佐と三人の息子達、その他非番のシャルベリ辺境伯軍の軍人達がこれでもかというほど勢揃いしている。

郵便局長夫妻、店を閉めて駆け付けたメイデン一家とその隣のリンドマン一家、閣下の弟であるロイ様の姿もあった。

とにかく閣下の人望の篤《あつ》さを物語るように、大勢の人々が犇《ひし》めき合うその一角は異様な盛り上がりを見せている。

けれども、湖岸に臨むのは閣下陣営だけではなかった。

これから生贄の乙女を目指して貯水湖に飛び込まんとする男達が、他にも大勢居並んでいる。

生贄の乙女役が急遽変更になったことで、アーマー中佐の末妹を期待していた男性陣が軒並み参加を取りやめてしまうのではないか。それによって竜神祭自体が興醒めなものになりはしまいかと心配していたのだが、杞憂であったようだ。

きっと彼らも一年に一度の祭りを盛り上げるために、生贄の乙女役が誰であろうと参加を決めてくれたのだろう。

けれども、ジジ様はそう言う私の髪にくるくると指を絡めて、さも面白そうに笑った。

「生贄役がおまえだから、あえて参加を決めた連中もいるとおじいちゃんは思うけどね」

「え……？」

「だってさ、上手くいけば領主殿が目の中に入れても痛くないほど溺愛している奥方と、堂々とデートできるわけだし？　他人のものに魅力を感じる輩《やから》も一定数いるんだよ」

「まさか、そんなことは……」

とたんにおろおろする私の頭をよしよしと撫でながら、ジジ様はやたらと優しい声で続ける。

「もしも旦那以外が優勝したら、ちゃんとそいつとデートしてやらなきゃね。決まりだもん。たとえば――あいつ」

ジジ様が私の髪を絡めたまま指差した先には白い軍服を纏う人、アレニウス王国軍大将ライツ殿下の姿があった。

それを応援するのは、灰色の軍服の一団。シャルベリ辺境伯領まで随行したアレニウス王国軍の親衛隊だ。

ライツ殿下のせいで生贄の乙女の代役を引き受けざるを得なくなった私は、ついつい恨みがましげな目を向けてしまう。

今朝になっていきなり現れた彼は、一月前《ひとつき》にサルヴェール家で起きた事件の後日談を語った。

王国軍に拘束されたマーティナ・サルヴェールは、素直に事情聴取に応じているという。父親である次官やその周囲の悪事を全て証言することと引き換えに、罪はいくらか軽くなるらしい。

彼女が不遇の人生を送ってきたと聞かされただけに、私は少しほっとした。

ただ不思議なことに、マーティナも家令も、その他サルヴェール家の使用人も、誰ひとりとしてジジ様のことを覚えていなかったそうだ。

また、事後処理のためにサルヴェール家に残っていたボルト軍曹は、王都に戻る際、アイアスを連れて汽車に乗ったという。

自分を拾って名前を付けてくれた彼を七年も忘れずに慕っていたアイアスの健気さが報われたことを、私はただただ喜ばしく思った。

「――簡単ではございますが、これにて開会の挨拶とさせていただきます」

私がライツ殿下の話を思い出しているうちに、長々と続いていた商工会長の挨拶が終わった。

いよいよ、竜神祭が始まる。

湖岸の閣下が軍服の上着やシャツ、手袋などを次々と脱ぎ捨て、それを少佐が甲斐甲斐しく拾って畳んでいるのが見えた。

ライツ殿下や他の参加者達も、それぞれ飛び込む準備を済ませて貯水湖の際《きわ》まで出る。

始まりの合図を託されたのは、半年前にシャルベリ辺境伯位を閣下に譲って引退したお義父様だ。

商工会長に強請《ねだ》られて、僭越ながら、と立ち上がったお義父様が片手を空に向かって上げる。

そうして、湖岸にぐるりと一周視線を巡らせたかと思ったら、貯水湖の隅から隅まで響き渡るような張りのある声で告げた。

「――始め」

そのとたん、男達が一斉に貯水湖へ飛び込む。

盛大な水飛沫とともに、わっと声援が上がり、湖岸はたちまち熱気に包まれた。

それに煽られて飛び込んだ迷惑な酔っぱらい達が、アーマー中尉が隊長を務める本日の警備部隊に早々に引き上げられるのを余所に、男達は猛然と泳いで貯水湖の中心を目指す。

その中でも飛び抜けて速いのが、閣下とライツ殿下だ。

おかげで、両陣営は大盛り上がり。

いつもは上官相手であろうと平然と扱き下ろす少佐も、今日ばかりは声も嗄《か》れんばかりに閣下を応援している。

わんわん、と聞こえてくるのは犬のロイの声。

人間のロイ――閣下の弟のロイ様も、湖岸から身を乗り出して懸命に兄の姿を目で追っていた。

ライツ殿下の応援団とて負けてはいない。

拳を振り上げ、野太い声でもって、負けじとその背を鼓舞する。

（閣下……‼）

曲がりなりにも生贄の乙女役を務める身のため、声を張り上げて閣下を応援するわけにはいかない私は、ローブの合わせ目をぎゅっと握って歯痒い思いに耐えた。

そんな時だった――空に、突如黒い雲が立ち込めたのは。

「えっ……?」

あっという間もなく、ザーッと凄まじい音を立てて雨が降り始める。

雨は貯水湖を泳ぐ男達の上にも容赦なく降り注ぎ、彼らの遊泳のみならず息継ぎさえも阻んだ。

大量の雨粒に叩かれた湖面は激しくうねり、男達を次々と呑み込んでいく。

もちろん――先頭を泳いでいた閣下も例外ではなかった。

「か、閣下? 閣下っ……!!」

くすくす、とさも楽しそうな笑い声が聞こえてきたのは、そんな時だった。

私は信じられない思いで隣を――そこに立つジジ様を振り仰ぎ、はっと息を呑む。

私達の頭上だけぽっかりと雲に穴が開いて、不自然に青空が覗いていることに気付いたからだ。

現に、竜神の神殿があるこの浮島には、一滴の雨も降ってはいなかった。

「ジジ様……この雨、ジジ様の仕業なんですか!? ど、どうしてっ……!!」

「だって、凪いだ湖をただ泳ぐだけなんてつまらないでしょ。ぼくの可愛い孫を、楽して手に入れられるなんて思われちゃあ癪《しゃく》だからね?」

私はジジ様に縋り付き、その胸をドンドンと拳で叩いて必死に懇願した。

「や、やめて！　やめてくださいっ！　雨を止めてっ‼　みんなが――閣下が溺れてしまうっ‼」

「ここで溺れて死ぬのなら、あいつはそれまでの男だったということさ。竜の血を引くおまえの番《つがい》にふさわしくない」

「ジジ様‼」

「ふふ、怒っても可愛いねえ、パティは。パトリシアが怒った時に比べれば、子犬が戯《じゃ》れているようなものだよ」

癇癪《かんしゃく》を起こす子供をあしらうみたいに、ジジ様は私の言葉に耳を貸さない。

彼はまだ、シャルベリを憎んでいるのだろうか。

子孫であるアビゲイルを蔑ろにし、あまつさえ命と引き換えに降らせた雨を当時の領主が一族の手柄にしたことを。

けれども、すでにシャルベリ家は代々娘を生贄に差し出さざるを得ないという報いを受けたはず。

それに、アビゲイル自身はシャルベリにちっとも恨みはないみたい、と言ったのはジジ様ではないか。

そうこうしている間もますます天候は荒れ、貯水湖はついに渦を巻き始めた。

もはや、閣下がどこにいるのかも分からない。

「閣下っ……閣下っ‼」

頭の中が真っ白になった。

同じ子竜でも、生粋の竜であるジジ様とは違って、姿形だけの先祖返りでしかない私には水を操る力なんてない。

己の無力を、いったい何度呪えばいいのだろうか。

私は、着せられていた真っ白いローブを脱ぎ捨てて、荒れ狂う貯水湖に飛び込もうとする。

自分が行ったところで何もできないと頭の隅では分かっていても、じっとしていられなかったのだ。

さらには、この身を捧げることと引き換えに、このシャルベリ辺境伯領の守り神たる竜神が、この事態を収拾してはくれまいか、と淡い期待も抱いていた。

奇しくも、私は今まさに、竜神に捧げられる生贄の乙女としてここにいるのだから——

ところが……

「こーら、パティ。だめだよ。それは、おじいちゃんが許さない」

すんでのところでジジ様に捕まって、再びローブを着せられてその腕の中に抱き込まれてしまった。

彼は、小さな子供を叱るみたいに優しい声で続ける。

「まったくおまえは、すぐにそうやって我が身を差し出そうとする。以前の狩りの時も、猪を前にして自分を盾にしようとしただろう？　ぼくはね、自己犠牲なんてものは嫌いだよ」

「ジジ様……ジジ様っ、おじい様っ‼　お願い、お願いしますっ……閣下を助けて！　皆を助けて！

私、何でもしますからっ‼」

「あーん、泣き顔も可愛いー。でも、何でもします、なんて軽々しく言うものではないよ。ぼくがおまえのおじいちゃんじゃなかったら、どんなえげつない要求をしたか知れない」

「お願い……お願い……」

くすくすと笑うジジ様の腕の中で、私は必死に身を捩《よじ》る。

雨はまだ激しく降り続き、目の前にはまるで水のカーテンが下りたようになって、貯水湖の水面が——そこを泳いでいた閣下達がどうなってしまったのか、まったく見えなくなっていた。

凄まじい絶望が私を襲う。

指先からどんどん冷たくなって、この身に流れる竜の血ごと全てが凍ってしまいそうな感覚を覚えた——その時だった。

ドーン、という落雷と聞き違えるほどの凄まじい音とともに、空から貯水湖に向かって閃光が走ったのは。

虹色の眩しい光に、私はとっさにぎゅっと目を瞑った。

第十章　落ちこぼれ子竜の未来

空一面を覆っていた真っ黒い雲は、いつの間にか私の纏ったローブみたいな白い雲に取って代わられていた。

あれほど激しかった雨も、柔らかな霧雨《きりさめ》に変わっている。

貯水湖の上は濃い霧に覆われ、湖岸に詰めかけた人々の影もその喧騒も、浮島にいる私達にまでは届かない。

しん、と不自然なまでの静寂が辺りを包んでいた。

けれども同時に、どこかからじっと見つめられているような感覚を覚える。

それは不思議と不快なものではなかったが、私をひどく落ち着かない心地にさせた。

いや、そもそも落ち着いてなどいられないのだ。だって、いまだ閣下達、貯水湖を泳いでいた面々の安否も分からないのだから。

「か、閣下⁉　閣下はどこに……」

私はジジ様の腕を振り払い、白いローブが汚れるのもかまわずに湖の畔に膝をつく。

そんな私の頭にポンと軽い調子で手を乗せ、ジジ様は霧の向こうを見透かすように目を細めた。

「ふふ――ようやくおでましかい？」

それを合図に、目の前の霧がゆっくりと晴れ始め――やがて、私の胸の奥でドクンッと大きく心臓が跳ねた。

いつの間にか、私達がいる浮島の側に巨大な丸太のようなものが横たわっていたからだ。

その表面には虹色の鱗がびっしりと張り付いていて、霧雨を浴びながらキラキラと光沢を放っている。

竜神だ――そう直感して息を呑んだ私の頭を撫でつつ、ジジ様は尊大な態度で告げた。

「ごきげんよう、ケダモノ。ぼくの子孫を食ってのうのうと生き長らえている浅ましい生き物よ。自分の縄張りで好き勝手をされるのは気に入らないかい？」

そのとたん、虹色の巨大な丸太みたいなもの――竜神の胴体がズルズルと動き出し、浮島の周りを蜷局《とぐろ》を巻くみたいに幾重にも取り囲んだ。

ジジ様の言い草が竜神を怒らせてしまったのかと焦る私の目の前で、突如湖面がブクブクと泡立ち始める。

今度はいったい何が出てくるのかと戦々恐々、ゴクリと唾を呑み込んだ、その時だった。

ザバッ！　と盛大な水飛沫とともに湖の中から現れた人影に、私はこれでもかと目を見開く。

「か、閣下!?　閣下……っ!!」

「はっ、パティ!?　ということは、ここは竜神の神殿……」

現れたのは、閣下だった。

私に負けじと目を丸くした彼は、素早く岸に上がって濡れた髪を掻き上げる。

そうして、私の顔とジジ様の顔、それから周囲を見回してから、よしっ！　と天に向かって拳を突き上げた。

「私が一番乗りだな！　まあ、当然だけどね！　さあさあ、迎えに来たよ、パティ！　こんな茶番はさっさと終わりにして一緒に帰ろう!!」

そう言って、閣下が大きく両手を広げる。

すぐさま、その腕の中に飛び込んでしまいたかったのだが……

「そんなびしょ濡れのやつに、ぼくの可愛い孫を抱っこさせてなんかやれないな。というか、おまえどうやって辿り着いたの？　ここに近づけないよう、水流をいじったんだけどな？」

「ほう、水流をいじった……なるほど」

私はまたもやジジ様に捕まって、背中からぎゅっと抱き込まれてしまう。

一方、閣下はすっと両目を細めた。

「この突然の悪天候……やはり、おじい様の仕業でしたか。さすがに悪戯が過ぎますよ。竜神様が現れて道を作ってくださらなかったら、危ないところでした」

「ふふ、いつまで経っても挨拶に現れない無礼なケダモノを引きずり出してやっただけさ。それにしても、ケダモノでも眷属は可愛いんだねぇ？」

ジジ様はそう言うと、恨めしげな顔をする閣下を無視して、その背後で身体をうねらせている竜神を眺める。

しかしながら、見えているのはいまだその胴体ばかり。

まるで、生粋の竜たるジジ様、あるいはアビゲイルの祖である彼と顔を合わせるのを恐れているかのように、どこを探しても頭部を見つけることはできなかった。

なのに、ありありと視線を感じる。

竜神はいずこからか、私や閣下、そしてジジ様を確かに見つめているのだ。

「これまでシャルベリでは七人の生贄が捧げられ、うち六人はこいつの腹の中に消えた。けれど、最後の一人――七人目の生贄だけは食われたと言い伝えられていないね」

私の髪を手慰みに梳きながら、ジジ様は抑揚のある声で謳うように話し出す。

その金色の眼差しは、やがて竜神から閣下へと移っていった。

「七人目の生贄の名はアビゲイル。最初にケダモノの糧となったメテオリット家の娘も、アビゲイル。ねえ、これは単なる偶然だと思う？」

あえて問うということは、つまり偶然ではないのだろう。

案の定、七人目の生け贄は最初の生け贄の生まれ変わり――つまり、二人のアビゲイルは同じ魂だとジジ様は言った。

しかし、彼のこの話がいったいどこへ行き着くのか見当もつかない。

私は人形のように愛でられつつ、ただ黙って耳を傾けるしかなかった。

アビゲイルはね、とジジ様が続ける。私だけではなく、子孫を語るその声はいつだって慈愛に満ちていた。

「あの子は、本当にシャルベリを恨んでなんかいなかったんだよ。それどころか、自分の行いがきっかけで後の時代の娘達が犠牲になったこと、そして、その後も続いていくかもしれないことに責任を感じたんだろうね」

アビゲイルが生まれ変わったのは、五人のシャルベリ家の娘が犠牲になった後だった。

前世を思い出した彼女は、連鎖を断ち切るために、再び我が身をケダモノに捧げたのだという。

「自己犠牲はきらいだよ」

さっき湖に飛び込もうとした私を叱ったのと同じ言葉を、ジジ様が小さく吐き捨てる。

七人目の生贄となったアビゲイルは食われることはなく、寿命いっぱいまで竜神に寄り添ったという。

その決して長くはない一生のうちに、彼女は竜神の心を育み、そうして最後に亡骸《なきがら》を食わせることで、彼とようやく一つになった。

黙ってジジ様の話に聞き入っていた閣下が、ここで口を開く。

「では、八人目の生贄が捧げられる前夜、その夢に出て道を示したのは——虹色の鱗を煎じて飲めば竜神の力の一端を持った子が生まれると伝えたのは、真実その七人目の生贄、アビゲイルだったのでしょうか？」

「おそらくはね。その虹色の鱗とやらは、ケダモノの中に溶け込んだアビゲイルの一欠片《ひとかけら》だろう。それはシャルベリ家の人間の血に混じって脈々と受け継がれ――」

そこで言葉を切ったジジ様は、私の髪を絡めたままの人差し指でもって、トン、と閣下の胸を――その心臓の辺りを突いた。

「巡り巡って、おまえのその血の中にもアビゲイルはいる」

「この血の中に、アビゲイルが……」

まさに寝耳に水といった表情の閣下が、ジジ様の言葉を噛み締めるように繰り返す。

ジジ様は、なおも彼の胸に指先を押し当てたまま、朗々と続けた。

「アビゲイルは、ただのケダモノにその身を食わせて竜を成した。聞くところによれば、パティの翼を食い千切った犬もバケモノに成り果てたそうじゃないか。アビゲイルの欠片を受け継ぐおまえと、ぼくの隔世遺伝であるパティが番《つが》って……ねえ、いったい何が生まれるのだろうね？」

今度は私が息を呑む番だった。

この先、私と閣下の間にも子供が生まれるかもしれない。

女の子だった場合には、メテオリットの竜の先祖返りとなる可能性だってある。

けれども、それ以外の何か――人間でも竜でもないものになってしまう可能性なんて、考えたこともなかったのだ。

壮絶に美しく作り物めいたジジ様の顔から、ふと一切の表情が消える。

その口から発せられたのは、それこそ神様みたいに厳かで近寄り難い声だった。

「只人《ただびと》でしかないおまえに、そんな得体の知れない存在の親になる覚悟はあるか——?」

空気が固く張り詰め、キンと耳鳴りがする。

霧雨の音さえ、聞こえなくなった。

代わりに、ドク、ドク、と大きくなるのは、私の心臓が脈打つ音。

それはどんどん強く速くなって、またもやこの身体が子竜になってしまうのでは、と案じた時だ。

ふっ、と閣下が吐息のような笑い声を漏らした。

「改まって何をおっしゃるのかと思ったら、愚問も愚問」

「んん?」

閣下は胸に指先を突き付けていたジジ様の手首を掴むと、ぐいっと自分の方に引いた。

それに抗わなかったジジ様と一緒に、その腕の中にいた私も閣下の方へ引き寄せられる。

必然的に、二人の身体の間に挟み込まれる形になった私の額に、閣下がちゅうと唇を押し当てた。

水に浸かっていた彼の唇はいつになく冷たくて、私はひゃっと首を竦める。

それに、はは、と今度は声を立てて笑いながら、

「人であろうと竜であろうと――いいえ、何であろうとも、私とパティの子に変わりありません。子も、パティも、必ずやこの手で幸せにして見せましょう」

一点の曇りもない、まさに晴れ渡った青空のごとき瞳で、閣下は真っ正面からジジ様を見据えてそうきっぱりと言い切った。

ジジ様はその心の奥底まで見透かすように、まばたきもせずに閣下を見つめている。

私は何だか自分が審判を下されるみたいで、ひどくそわそわとした心地になった。

にもかかわらず、閣下はいっそ晴れやかなほどの笑みを浮かべると、ジジ様の背中に手を回して私ごと抱き締める。

ちょうど同じくらいの身長の二人が、私を挟んで間近に見つめ合った。

「ご心配には及びません。おじい様はどうぞ長生きをなさって、私の言葉が真実であることを見届けてください」

しばし、その場に沈黙が落ちる。

ドク、ドク、とまた私の心臓の音ばかりがうるさくなった頃だった。

ふっ、と旋毛にため息が落ちてきたのは。

「ねえ、おまえ。ぼくまでびしょびしょになったんだけど？」

「ははは、わざとに決まってるじゃないですか」

子供みたいに唇を尖らせて文句を言うジジ様に、閣下が悪怯れもせずに答える。

それを合図に彼らが距離を取った時、私はジジ様ではなく閣下の腕の中にいた。

ローブが水を吸い込んで、じっとりと重くなる。けれども、その向こうにある閣下の体温が恋しくて、私は彼の背中に両手を回した。

耳をくっつけた逞しい胸の奥からは、トクトクと規則正しい音がする。

それに夢中で聞き入る私に、背後のジジ様が苦笑する気配がした。

「何だい何だい、妬けちゃうね。パティはそんなにそいつが好きなのかい」

「ご覧の通り。私とパティは正真正銘両想いなのですよ。あー……可愛い……」

「ふん。まあ、いいさ。お望み通り見張っててやろう。おじいちゃんをがっかりさせないでよね――シャルロ？」

「御意にございます」

ここで初めてジジ様に名前で呼ばれた閣下は、晴れやかな笑みを浮かべて頷いた。

すると、一件落着とばかりに、浮島を囲んで蜷局を巻いていた竜神が動き始める。

やがて、その身体が一本の虹色の光となって空へ上ると、貯水湖を覆っていた霧も徐々に晴れていった。

ほどなく、ザバッという水飛沫とともに、新たな人物が浮島に上がってくる。

閣下といい勝負をしていたはずのライツ殿下だ。

「……はあ、ひどい目にあった」

心底疲れた様子のライツ殿下が、岸に座り込んで大きくため息を吐く。

霧が晴れた貯水湖は何事もなかったように凪いでおり、びしょ濡れの男達がはるか向こうの湖岸から呆然と見下ろしていた。

それを見て、ジジ様がふんと鼻で笑う。

「ケダモノめが。生意気にもヌシを気取って全員助けたのかい」

どうやら竜神の手によって、閣下とライツ殿下以外は全員元いた湖岸に押し戻されていたようだ。

閣下は、足元に座り込んだライツ殿下と湖岸に並んだ男達を見回すと、私を両手で抱き上げた。

そして、高らかに告げたのである。

「パティは、私の可愛い可愛い奥さんだぞ！　殿下にも、他の野郎どもにも、当然竜神様にだって、ぜーったい渡さんっ‼」

とたん、わっと観客が沸いた。

＊＊＊＊＊

竜神祭から一夜が明けた。

アーマー中佐の末妹の代わりに、なんとか生贄の乙女役を務め終えた私は、本日――

「そら、パトリシア。しっかり導いてくれよ。何しろ俺は、ここでは右も左も分からんのだからな」

「うう、はい……殿下」

どういうわけか、ライツ殿下と一緒にシャルベリの町を歩いていた。

閣下のものとは対照的な真っ白い軍服は、姉の夫であるリアム殿下――兄様で見慣れているはずだが、今まさに私の隣でそれを纏っているのはアレニウス王国軍大将。いわば、閣下の上司だ。

そのため、粗相をしてしまわないかとガチガチに緊張する私に、ライツ殿下は苦笑いを浮かべる。

「そう固くなるな。所詮俺は遠縁のお兄さん、だろ?」

「う、お、恐れ多いことです……」

お兄さんではなくておじさんだろう、という陛下に対するライツ殿下の常套句が頭を過ったが、私は賢明にもそれを口にすることはなかった。

事の発端は、昨夜のこと。

その日の朝に突然シャルベリ辺境伯邸を訪ねてきたライツ殿下を交えて夕食を囲んでいる最中、猪肉の骨付き肩ロースを勇ましく齧っていたジジ様がふと思い出したように口を開いたことに始まる。

「ところで、シャルロ。ぼくは空気が読める男だからあの場では黙っていてあげたけど――おまえ、ズルをしたよね?」

「は？」

「だって、ほら。おまえ、ケダモノの助けで浮島まで辿り着いたって言ったじゃないか。それって、普通に考えて反則でしょ？」

「あ……」

ジジ様は手に付いたソースをぺろりと舐めると、隣でワインを飲んでいたライツ殿下の手をいきなり摑んだ。

そうして、グラスの中身が零れるのも構わず、彼の手を高々と上げさせて言い放つ。

「というわけで、優勝は二番手だったこいつのものだ。パティは、ちゃんとこいつとデートしてあげなさいね」

「えっ……」

ジジ様の言葉に、閣下がカトラリーを取り落としたのは言うまでもない。

「いや、いやいやいや！　私の優勝が取り消されるのは一向に構いませんが、そもそもジジ様が干渉した時点で勝負自体が無効でしょう？　だとしたら、殿下の二位だって無効でしょう⁉」

「全部無効だったらつまらないじゃない。それとも何かい？　おまえ、せっかく一生懸命生贄の乙女の代役を務めたぼくのパティの気持ちを無駄にしようっていうのかい？」

「いや、誰のせいだと思ってるんですか！　あと、〝あなた様のパティ〟ではなく、〝私のパティ〟ですからっ‼」

「誰のってそんなの、とっととぼくに挨拶に来なかった、甲斐性なしなケダモノのせいに決まってるでしょ。おまえはあいつの眷属なんだから、責任を取らないとね」

ジジ様は相変わらず傍若無人で、閣下の猛抗議にもまったく耳を貸さなかった。

かくして、本日午後発の汽車で王都へと戻る予定のライツ殿下を、私は時間いっぱいまで接待することになったというわけだ。

とはいえ賓客をもてなすのも、シャルベリ辺境伯夫人となった私の仕事の一つである。

となれば、いつまでも気後れなんてしていられない。

一念発起した私は、縁談のためにシャルベリを訪れてから今日までの七ヶ月あまり、多忙な執務の合間に閣下が連れていってくれた様々な場所にライツ殿下を案内した。

そうして、休憩のために立ち寄ったのは、閣下と初めて二人で出掛けた際に昼食を取った、あの路地裏の料理屋である。

外壁から店内まで蔦が生い茂り、アンティークな調度が並んだ落ち着いた店の雰囲気は私のお気に入りだった。

ランチにはまだ早いこの時間。テラス席に陣取った私達のテーブルには、紅茶の入ったカップと、店主の祖母が朝早くから作るというお菓子が並んだ。

ライツ殿下はその素朴な味わいがお気に召したようで、白い軍服を纏った身体を籐《とう》の椅子にゆったりと預けて、満足そうに舌鼓《したつづみ》を打つ。

「しかし……まさか、マチルダに手を引かれてよちよち歩いていたあのチビに、自分がもてなされる日が来ようとはな」

「もう、チビじゃないですもの」

「そうだな。いまや人妻か。しかしまあ、お前が楽しくやっているようで何よりだ。陛下もこれで少しは安心なさることだろう」

「陛下が、ですか……？」

ここで思いがけない人物が話題に上って、私は首を傾げる。

ライツ殿下は野暮用でシャルベリ辺境伯領に来たと言ったが、私はそれが何なのかを尋ねられる立場にない。

けれどその口ぶりから、野望用とはもしや、と思いかけた私に、ライツ殿下は小さくため息を吐いて続けた。

「サルヴェール家の一件では、お前達夫婦に対して道理に合わない真似をしたからな。陛下が俺に、直接出向いて機嫌を取ってくるよう命じられたんだ」

「そ、そんな……そんなことで、わざわざ殿下が？」

「陛下もあれで、人並みには気に病んでいるんだ。あとはまあ、マチルダにもおまえの様子を見てくるように頼まれた。しかし、赤ん坊に掛かり切りで手が離せないとはいえ、おまえの姉さんはちょっと上司を顎で使いすぎだと思うんだが？」

「ふふ、姉が申し訳ありません」

天下の王国軍大将閣下も、相変わらずあの姉の前では形無《かたな》しのようだ。

たまらず笑いを漏らす私にライツ殿下は肩を竦めつつ、苦笑いを浮かべてカップを傾ける。

そうして、すいっと視線を横に流したかと思ったら、呆れたように言った。

「――それで？　あんた、なぜここにいる？」

「だって、心配じゃないか。何しろ、パティは――ぼくの孫はこんなにこんなに可愛いんだから」

ライツ殿下の胡乱な視線の先にいたのは、ジジ様だった。

私達と同じテーブルを囲んで、お菓子はそっちのけでワインをガブガブ飲んでいる。

私にライツ殿下とデートするよう命じた張本人は、実はシャルベリ辺境伯邸からずっと一緒だったのだ。

ついでに言うと、ジジ様の膝の上にはシャルロッテ、私の膝の上にはシャルロッタ、そしてライツ殿下の膝の上にはシャルロットが座って、優雅にお菓子を食べている状況であった。

「おまえが権力にものを言わせて、いたいけなパティを手籠《てご》めにでもするんじゃないかと思うと、おじいちゃんはもう心配で心配で……」

「『手籠め!?』」

とんでもないことを言い出すジジ様に、私もライツ殿下もぎょっとする。

人形達は、んまあ！　と声を揃えて、竜神の鱗みたいな虹色の目を一斉にライツ殿下に向けた。

さらには……

「――て、てて、手籠めだと!?」

素っ頓狂な声を上げて、隣の雑貨屋から飛び出してきたのは閣下だ。

猛然と駆け寄ってくる閣下の肩にはピンク色をした子竜のぬいぐるみ――小竜神がしがみついており、さらに後ろからは呆れ顔の少佐とその愛犬ロイも現れる。少佐の前面には、彼の長男ルカ君が抱っこ紐でくっついていた。

閣下は椅子に座っていた私を抱え上げて背中に隠すと、胸倉を掴まんばかりの勢いでライツ殿下に詰め寄る。

そして、私の膝に乗っていたシャルロッタの、ちょっと危ないじゃない！　という抗議も無視して捲し立てた。

「殿下はパティに無体を働こうというのですか!?　私の、パティに!?　は!?　生きて王都の土を踏めるとお思いなさるな!?」

「しないしない。俺もまだ命が惜しい。それより、あんた仕事はどうした。シャルベリ辺境伯軍ってのは暇なのか？」

「はは、何をおっしゃいます、殿下。これこの通り、鋭意要人警護中ではございませんか」

「警護ね……むしろ、命を奪われそうなんだが？」

ちなみに、ライツ殿下の親衛隊も閣下と一緒に雑貨屋に潜んでいたらしく、灰色の軍服を纏った軍人が大勢わらわらと集まってきた。営業妨害もいいところである。

狭い路地に面した店先は、たちまち人だらけになった。

うんざり顔のライツ殿下が、しっしっと手を振って部下達を解散させる。

ライツ殿下の親衛隊の目に、膝にお人形を抱いた上司の姿はどう映っただろうか。

ともあれ、不承不承ながらも彼らがその場から去ると、ライツ殿下は閣下とその背中に隠された私に向かって言った。

「デートはもう十分堪能したから、あんたらは陛下への土産でも見繕ってきてくれ。俺はここで茶を飲んで待っている」

「ぼくもワインを飲んで待っているよ」

『『私達もお菓子をいただいて待っているわ』』

ひらひらと、ジジ様と人形達も手を振る。

では、と喜色を浮かべて振り返った閣下が、私の手をぐっと掴んだ。

白い手袋に包まれたその手は大きくて温かくて、ほっとする。

物心ついた頃からずっと私を引っ張ってきてくれた姉の手より、今はもう閣下の手が一番自分に馴染むような気がした。

私もぎゅっと手を握り返しながら、閣下を振り仰いだ、その時だった。

「あっ……」

目に飛び込んできたものに、私は思わず声を上げる。

私の視線を追って頭上を見上げた閣下も、おや、と呟いて破顔した。

「彩雲じゃないか。これは、幸先がいいね」

店舗と民家が混在する路地裏の、建物と建物の間に張られたロープで揺れる色とりどりの洗濯物の向こうには、虹色の雲に覆われた空があった。

虹色の雲は彩雲と呼ばれ、陽の光が大気中の水滴や氷晶によって回折されることで、雲が虹のような様々な色に彩られる大気現象であるが、古来より吉兆の現れとされている。

少佐の前に引っ付いたルカ君が、あー、うー、と喃語《なんご》をしゃべりながら雲を掴もうと小さな手を伸ばす。

それに微笑ましげに目を細めた閣下は、繋いだ私の手にもう片方の手もポンと乗せると、わざとらしく改まった調子で口を開いた。

「さて、パティ。私の可愛い奥さん」

「何でございましょうか、旦那様」

「うぐっ……か、かわわ……」

「はいはい、閣下。とっとと続けて」

少佐の容赦ない突っ込みに、閣下はこほんと咳払いをして気を取り直す。

「我がシャルベリ辺境伯領の威信をかけて、陛下をあっと言わせてさしあげるような土産を用意したいのだが……あいにく私はそういうものに疎くてね。ここは、王都で生まれ育ったパティの審美眼に賭けたい。よろしく頼めるかい？」

そんな閣下の言葉に、自分なんかでは力不足だ、と落ちこぼれ子竜が私の頭の隅で怖《お》じけづく。

けれどもこの時、閣下の空色の瞳に映り込んだ私は、もうおどおどなんてしていなかった。

彼に頼ってもらえる嬉しさが、卑屈な思いに打ち勝ったのだ。

「――はい、閣下。喜んで」

今も昔もこれからも、私はずっとちんちくりんの子竜だ。

けれども、閣下が隣にいてくれれば、きっと胸を張って生きていける――そう思えた。

再び見上げた空には一面、明るい未来を予感させる虹色の雲。

それはまるで、シャルベリ辺境伯領の竜神の身体を覆う鱗みたいに美しく、キラキラと輝いて見えた。

＊＊＊＊＊＊

――ところで。

料理屋のテラス席にジジ様とライツ殿下を残してきてしまったが、私達を見送った彼らがその後

どんな会話をしたのかは知る由《よし》もない。

人形達が、彼らに付き合って残った理由も然り。

また、閣下の肩にしがみついていたはずの小竜神が、いつの間にかジジ様の手に渡っていたことなんて、陛下への土産を見繕って戻ってくるまで、私も閣下も気づきもしなかった。


「――当て馬を演じた気分はどう？」

「さあね。あんたが望む結果になったのなら、俺はそれで構わんさ」

紅茶が残ったままのカップに、ルイジーノが問答無用でワインを注ぎ入れる。

ライツは心底迷惑そうな顔をしたが、肩を竦めただけで文句は言わなかった。

「それにしても、曲がりなりにも王国軍大将が僻地の領主夫婦のご機嫌取りとは、随分とご苦労なことだね」

「白々しいことを言うな。あんた、全部分かっているんだろう？」

「さて？　何かなぁ？」

「陛下が一番機嫌を取りたがったのは、あんただ――〝ヌシ〟よ」

とたんにすっと目を細めたルイジーノに、ライツはテーブルの上に身を乗り出して畳み掛ける。

「この国ができる以前――それこそ人間などまだ存在しなかった太古の時代から、今現在アレニウス王国がある一帯を支配してきたのはオルコットの竜だった。そうして、やがて彼らが滅びると新たな竜がヌシとなった——それがルイジーノ、あんただろう」

それを聞いたルイジーノは、感心したみたいな顔になった。

「へえ……おまえ、よくそんな昔のことを知っているねぇ。先代も先々代も——ううん、もうずっと何代もの王が、ぼくの存在に気付かないままだったのに」

「半年前、兄が即位したのと同時期に、東部にある琥珀の森の所有権がオルコット家から王家に移った。とたんに出てきたよ、巨大な琥珀の塊が。年々採掘量が減っていたというのにな」

「ふうん、よかったじゃないか。琥珀は、オルコットの竜の血液が石化したものだ。それにこびり付いていた思念がおまえの兄を正式な所有者と認めた証拠だろうよ」

「ああ、琥珀は兄にこの世界の理《ことわり》について様々なことを教えてくれたよ。夢という形でな。おかげで、兄は連日寝不足さ」

アレニウス王国がある土地は、ずっと太古の昔から竜の縄張りだった。

そこに住む人間達は知らず知らず、ヌシたる竜の恩恵を受けて泰平を謳歌してきた。

そうして今現在のヌシは、ライツが言う通り、メテオリット家の始祖の父親であるルイジーノ。竜となった姿こそちんちくりんだが、彼がアレニウス王国のある土地を縄張りとしているからこそ、避けられている脅威もあるのだ。

それなのに——

「あんた——パトリシアと会っていなければ、マーティナ・サルヴェールとともにハサッドに行くつもりだっただろう？」

　これこそが、国王ハリスがパトリシアをどうしてもサルヴェール家に向かわせたかった最大の理由である。

　マーティナ・サルヴェール、次官の隠し財産、アレニウス王国の内部情報――どれも、隣国ハサッドに渡ろうとさほど損害はなかった。

　けれども、ルイジーノは違う。彼がアレニウス王国を出ていってしまえば、取り返しのつかないことになる。

　ヌシが見捨てた地は、新たなヌシを据えない限り滅びるしかないのだから。

　作り物めいた美しい顔に笑みをのせたまま、肯定も否定もしないルイジーノに、ライツは苦虫を嚙み潰したような顔をして続ける。

「分かっている。悪いのは人間――俺達王家だ。ヌシたるあんたの存在を忘れ、あんたの番《つがい》の遺骨があるあの土地を、安易に他の人間に下げ渡した」

　マーティナの逮捕によってサルヴェール家は断絶、土地も屋敷も全て王家に接収された。

　ルイジーノの妻であり初代アレニウス国王の末王子を育てた雌竜の遺骨も、改めて王家の管理下に置かれることとなる。

　国王ハリスがルイジーノを王都に留めたがったのは、ヌシである彼を目の届く場所に置いておきたかったからだが、それは本人に拒否されてしまった。

しかしながら彼は、今すぐにアレニウス王国を見捨てるつもりはもうないようだ。

ルイジーノが小さく肩を竦めて言う。

「おまえ達の差し金とはいえ、自分そっくりの可愛い孫と出会っちゃったからね。パティの行く末は気になるし、シャルロがあの子を幸せにできるかどうか見届けるって約束したし、もうしばらくはここでヌシを続けてもいいよ」

「恩に着る」

ほっとしたようにため息を吐くライツに、ルイジーノは、ただし、と畳み掛けた。

「ぼくはね、妻とは違って人間なんてどうでもいいんだ。今回はパティのために思い留まったけれど、またいつ気が変わるかも分からないからね。おまえの兄さんにはよくよく伝えておきなよ。ぼくの機嫌を損ねないようにしっかりお務め、ってね」

「……承知した。俺も肝に銘じておこう」

底の見えない人ならぬものの目に見つめられ、さしものライツもゴクリと唾を呑み込む。

それに満足そうな顔をしたルイジーノが、自分のグラスにもう何杯目かも分からぬワインを注ぎ入れた。

彼の視線が逸れたことに小さく息を吐いたライツが、気を取り直して続ける。

「それで？　率直に言って、シャルベリの竜神はどうなんだ。あんたの後継者となり得るのか？」

そう問うライツの目は、テーブルの真ん中に乗せられた子竜のぬいぐるみを見つめていた。

ひどく居心地が悪そうな顔をしながらも小竜神がその場に留まっているのは、綿が詰まったピンク色の尻尾をワインボトルの底で押さえられているからだ。

すると、それまでルイジーノの膝の上で行儀良く座ってお菓子を食べていたシャルロッテが、ため息とともに立ち上がり、ワインボトルを持つ彼の手をペチンと叩いた。

『こんなおチビちゃん相手に、あまり意地悪をするものではありませんわ』

『そうよそうよ。大人げないったらありゃしない。あなたがすぐその子をいじめるから、私達もこの場に残ったのよ』

『うんと長く生きてるんだから、ちょっとくらい寛大さを身につけたらどうなの？　私達みたいに！』

パトリシアの膝から下ろされてテーブルに乗っていたシャルロッタも、ライツの膝の上に陣取ったシャルロットも加わって、口々にルイジーノを糾弾する。

竜神の生贄となった乙女達の影響で生まれたというのに、人形達は小竜神に対して随分と好意的だ。

ルイジーノにやられっぱなしなその姿が、元来面倒見のいい彼女達の庇護欲を掻き立てるのかもしれない。

小竜神がシャルロッタによってワインボトルの下から助け出されると、ルイジーノはじとりとそれを睨んだ。

「あーあ、どうしてくれるの、ケダモノ。おまえのせいで女の子達に怒られちゃったじゃないのさぁ」

『わ、我は……』

『『『ルイジーノ、おだまり』』』

「え、こわ……何、おまえ達のその言い方。ぼくの奥さん、そっくり……」

「ほう、ヌシにも弱点があるのか」

ルイジーノと人形達とのやり取りを生温かい目で眺めていたライツが面白そうな顔をする。

「聞くところによると、あんたは初代アレニウス国王の末王子を食おうとして、嫁に愛想を尽かされたそうじゃないか？　それを棚に上げて、よくもシャルベリの竜神をいじめられるものだな」

「おや、サルヴェールの洞窟で一緒だったボルトとかいう子がしゃべったのかい。っていうか、愛想尽かされたんじゃないし！　ちょっと怒られて巣穴から放り出されてただけだし！　それに、自分のことを棚に上げて何が悪い？　ぼくはヌシだぞ。そこのケダモノと同じ場所に立つのなんてそもそもごめんだね」

「ふん……随分と傲慢なヌシ様だ」

「おまえは、随分と生意気な人間だね」

ルイジーノとライツはしばし無言で見つめ合うも、先に視線を逸らしたのは前者だった。

ルイジーノはテーブルの上に頬杖をつくと、人形達に庇われた小竜神を冷たい目で見下ろしながら、ようやくライツのさっきの質問に答える気になったようだ。

「これはまだ、シャルベリに影響を及ぼすだけで精一杯の未熟者さ。パティに眷属を添わせて少しずつ外の世界を知ろうとはしているが、まだまだだね」

元はただのケダモノに過ぎなかったシャルベリの竜神は、ルイジーノの血を引くメテオリットの娘アビゲイルを食ったことで、雨を降らす力を持つ竜となった。

その後、五人のシャルベリ家の娘の犠牲を経て、生まれ変わったアビゲイルと心身ともに一つになり、真実シャルベリの守り神にまで上り詰める。

さらに、前アレニウス国王の末子――ライツにとっては腹違いの末弟であるミゲルが連れてきた犬の成れの果てを食らったことにより、その影響力は劇的に強くなった。

それは件《くだん》の犬が、アビゲイルよりも竜の気が濃い先祖返りであり、ルイジーノの隔世遺伝であるパトリシアの翼を食べていたことに起因する。

そうして、竜神に決定的な存在感を与えたのは、その化身たる小竜神が琥珀を腹に隠したぬいぐるみに憑依したことだ。

琥珀はそもそもオルコットの竜の血液の残骸であり、それを腹に取り込んだことで、竜神は結果的に太古のヌシを凌駕したことになった。

「ふふ、ぼくがまたヌシの役目を放り出したくなる前に、こいつが次のヌシが務まるくらいの竜になるといいね？」

「やれやれ、先が思いやられるな……」

ワインが入ったグラスを持ち上げて、ルイジーノが悪戯っぽく笑う。

ため息を吐きつつも、ライツも紅茶の上にワインを注がれたカップを持ち上げた。

アレニウス王国一帯を統べるヌシと、アレニウス国王の名代がひとまずの和睦を経て乾杯をする。

立ち会ったのは、三体の人形達と、次代のヌシとなるかもしれない存在だった。

＊＊＊＊＊

竜神祭からおおよそ一月《ひとつき》後。

私――パトリシアが初めてシャルベリ辺境伯領を訪れた日から八ヶ月と少し。

その日、閣下は私の懐妊を竜神の神殿に報告した。


そうして、さらに半年が経ち、再びシャルベリ辺境伯領の空が彩雲に覆われた日の翌朝のこと。

閣下がまだシャルベリ辺境伯邸で身支度を整えている最中に、私は突然産気付いた。

そうして、ついに元気な赤ん坊を――

ではなく。

なんと、卵を。

竜神の鱗みたいに虹色に輝く卵を、一つ産んだのである。

番外編　心音さえも愛おしい

トク、トク、トク、と心臓が脈打つ音がする。

だんだんと浅くなる眠りの中、私は夢か現《うつつ》か、ほう、と一つため息を吐いた。

心音を聞くと落ち着いた気持ちになるのは、胎児の頃に母親の子宮の中で聞いていたからではないかと謂《い》われている。

私自身、胎内記憶らしいものはないが、やはり心が穏やかになる気がした。

同時に、すぐ側にある温もりと、すっかりこの身に馴染んだ香りに、自分の頰が緩むのを感じる。

まだもう少し眠っていたい気もするが、それよりも心音と温もりと香りの主を見たいという思いが私の瞼を押し上げた。

「閣下……」

息がかかるほどの距離にあったのは、どこか幼なげにも見える閣下の寝顔。

どうやら空もまだ白み始めて間もないようで、今朝こそは正真正銘、私の方が先に目覚めたらしい。

寝室の中はまだ夜の気配が色濃く残っていた。

トク、トク、トク、と心臓の脈打つ音がする。

早朝の静けさの中、閣下の——愛する人の鼓動がすぐ側で聞こえる。

それだけでこんなに心が満たされるなんて、閣下と結婚するまで知らなかった。

竜神祭からもうすぐ一月《ひとつき》が経とうとしている。

私はせっかく開いた瞼を再び下ろし、なおも聞こえてくる幸せな音にうっとりと耳を傾ける。

「閣下の生きている音がする……」

「不思議だね、心音って。単調な音なのに、聞いてて飽きない」

「うん、ずっと聞いていたい……」

「生きてるだけで愛おしいって、こういう気持ちなんだねぇ」

ここで私は、はたと目を開けた。

寝ぼけていたせいで普通に会話をしてしまったが、夫婦の寝室にもかかわらず聞こえた第三者の声に、今更ながらぎょっとする。

恐る恐る背後を振り返ってみれば……

「ジ、ジジジ、ジジジ様ぁ!?」

「はいはい、パティのおじいちゃんだよー。おはよー」

「お、おはようございます……って、えええ？　ど、どうして、ここに!?」

「おじいちゃんが可愛い孫の顔を見に来るのに理由がいるかい？」

白い髪に白い肌、さらには白一色の衣服。

寝衣でベッドに横たわる私の背中に張り付いていたのは、初代アレニウス国王の末王子とともにメテオリット家の始祖となった竜の父親、ジジ様ことルイジーノ様だった。

作り物めいた美しい顔は、ほの暗い部屋の中でも神々しいほどに輝いて見える。

確か昨夜は、お義父様、トロイア卿、商工会長の三人とともに遅くまで酒盛りをしていたはずだが、いつの間に私達の寝室に忍び込んだのだろうか。

そんなジジ様は、ぽかんとするばかりの私の背中に耳を押し当てて心音を聞いているらしい。

「うん、トクトクいっていたのが、ドクドクに変わった。上手に心臓を動かしてて、パティはえらいねぇ」

「えええ……あ、ありがとうございます……？」

生きているだけで褒められてしまって、喜ぶべきなのだろうか。

ジジ様の親馬鹿ならぬじじ馬鹿は、近頃さらに磨きがかかってきた。

しかしながら、やはり夫婦の寝室に無断で侵入されては心中穏やかではいられない。

それはもちろん、私だけではなかった。

「——おじい様、さすがに野暮ではございませんか」

そう、あからさまに不機嫌な声で呟きながら、私をぐっと抱き寄せたのは、いつの間にか目を覚ましていた閣下だった。

　私の背中から引き剝がされることになったジジ様は、悪怯れる様子もなくそれに答える。

「おや、おはようシャルロ。もう少し寝ていればいいものを。おじいと孫の触れ合いに割り込むなんて、それこそ野暮ではないかい？」

「お言葉ですが、今おじい様が平然と寝転がっていらっしゃるのは私とパティのベッドであり、ここは我々の寝室——つまり、愛の巣です。竜であろうと人間であろうと、巣を脅かすものへの報復が熾烈を極めるのは同じですよ」

　起き抜けにもかかわらず息も吐かせずジジ様を糾弾する閣下。

　抱き寄せられたその胸の奥から響く鼓動は、私がさっきうっとりと聞き入っていた時よりも、ずっと速く力強くなっていた。

　そんな中、枕の向こうから新たな顔触れが登場する。

『やあねー、ルイジーノ。だからベッドに上がるのはおよしなさいって言ったでしょう？』

『私たちの代わりに鍵を開けてくださったのは感謝しますけれど、お行儀よくしないといけませんわ』

『ほらほら、おチビちゃんも！　縮こまってないで何とか言っておあげなさいな！』

『いや、我は、その……』

　侵入の常習犯である三体の人形達——シャルロッテ、シャルロッタ、シャルロットだ。

何故だか、シャルロットがピンク色の子竜のぬいぐるみの手を引いている。

それに憑依した小竜神はどうやら人形達に無理矢理引っ張ってこられたようで、ひどく居心地が悪そうだった。

「うるさいなぁ。ぼくがどこで何しようとぼくの勝手でしょ。オヤジ連中がさっさと酔い潰れちゃってつまんないから、可愛い可愛い孫ちゃんの顔を拝みに来ただけだよ」

一方、寝室の鍵を開けた張本人であるらしいジジ様は、閣下からの抗議も人形達からの駄目出しもどこ吹く風。

彼は、閣下と自分の間でおろおろしている私の髪をよしよしと撫でる。

そうして、朝日に照らされ始めたベッドに寝転がったまま頬杖をつくと、その美しい顔ににんまりとした笑みを浮かべた。

「とはいえ、お約束の台詞を言っておくとするかな――お二人さん、昨夜はお楽しみだったたねぇ」

＊＊＊＊＊

周囲をぐるりと高い山脈に囲まれたシャルベリ辺境伯領。

王家の目が届きにくい土地柄のため、何百年もの間自治が認められてきたこの地には、創立二百年を数える古い学校がある。

五歳から十一歳までの初等科と、十六歳までの中等科からなり、シャルベリ辺境伯領で生まれた子供ならば無償で教育を受けることができた。

創立者が当時の領主であったことから、シャルベリ辺境伯夫妻は代々名誉理事として名を連ねる。

そのため、閣下と結婚した私も学校行事などに呼ばれる立場となったのだが……

「こ、講演ですか？　私が⁉︎」

「ええ、ぜひお願いします」

まさか、いきなり大舞台に引っ張り出されることになるなんて、思ってもみなかった。

この日は早朝から、ジジ様と三体の人形達、ついでに小竜神に寝室に侵入されて一騒動あったものの、閣下はいつも通りの時間に軍の施設三階にある執務室へと出勤。

私もお義母様に助言をもらいながらシャルベリ辺境伯邸の家政を取り仕切ったり、ハーブ園の手入れをしたりと午前中の日課に勤《いそ》しんでいた。

そんな中、突然私を訪ねてきたのは、就任三年目だという女性の学校長。

彼女とは幼馴染だというお義母様とともに、私は一階のテラスでもてなすことにした。

学校長は元々数学の教師で、かつては閣下や少佐の担任を務めたこともあるという。

閣下も少佐も随分優秀な生徒だったようで、ともに二年の飛び級をして十四歳で中等科を卒業。

そのまま士官学校に進んでいる。

シャルベリ辺境伯軍に入る方法は、中等科を修了後に四年制の士官学校を卒業するか、もしくは見習いとして軍で働くかの二通り。アーマー夫妻を例に出すと、妻の中佐が前者で、夫の中尉が後者だ。

士官学校を卒業すると、まず少尉に任官される。

閣下の場合、軍司令官の地位を受け継ぐこと自体は決まっていたものの、昇進試験が免除されたわけではない。

また、シャルベリ辺境伯軍は広義ではアレニウス王国軍の下部組織とされるため、その長となるには王国軍大将の許可もいる。

閣下は士官学校卒業後に一年間王国軍に出向し、当時王国軍大佐の地位にあったウィルソン侯爵——現ウィルソン中尉の父親に師事したのだという。

閣下の次姉イザベラ様がウィルソン侯爵家に嫁ぐことになったのは、その時の縁からだ。

閑話休題。

学校長がわざわざ私を訪ねてきたのは、二週間後に行われる学校の創立記念式典において、講演を行うよう依頼するためだった。

「子供達の中には、まだシャルベリ辺境伯領を出たことがない子も多いんです。そんな子らの視野を広げることを目的として、例年はシャルベリ辺境伯領から巣立って各地で活躍中の卒業生にお願いしていたのですが」

「それが今年は、王都で生まれ育ち、なおかつ生徒達とも年齢が近いということで、パティに白羽の矢が立ったというわけね？」

学校長とお義母様がそう言葉を交わす。

とはいえ、我が身に立てられた白羽の矢を受け止めるのは、私には容易なことではなかった。

式典が行われるのは学校の講堂で、そこに初等科と中等科合わせておおよそ五百名の生徒と、教師をはじめとする学校関係者五十人余りが一堂に会することになる。

たった一人でそんな大勢の視線に晒されるなんて、私はこれまで経験したことがない。

壇上で醜態を晒せば、夫である閣下の沽券にかかわる可能性があると思うと安請け合いは禁物だ。

そもそも、である。

「いったい何をお話しすればいいんでしょう……」

講演の依頼自体は光栄なこと。だが……

「人に話して聞かせるほど人生経験は豊かではありませんし……私なんかの話では、きっと生徒のみなさんを退屈させてしまいます……」

優しい顔をして耳を傾けてくれる学校長とお義母様に背中を押されるように、私は率直な気持ちを吐露する。

ところが、私の泣き言にいち早く反応したのは、思いも寄らない人物だった。

「私なんか、なんて言うとまた閣下がうるさいですよー。それに、私はパトリシア様のお話にとても興味がありますけどね」

「……えっ？」

ふいに庭園の方から現れたのは、ロイを連れ、生後半年を過ぎた一人息子のルカリオ――ルカ君を抱っこした少佐だった。

どうやらぐずったルカ君をあやすために散歩に出て、偶然私たちの側を通りかかったらしい。

少佐はお義母様と学校長に愛想良く挨拶をしてから、両目をぱちくりさせる私に向かって続けた。

「余所の人間に言われると腹立つんですけどね、シャルベリってやっぱり僻地じゃないですか。トンネルができるまでは陸の孤島だったせいもあって、今もまだどこか閉鎖的ですし」

「い、いえ……そんなことは……」

「それでも、私は生まれ育ったこの地が――いや、今のシャルベリが好きなんです。だから、王都からこの地へ嫁ぐことを受け入れてくださったパトリシア様にとって、シャルベリはどんな場所なんだろうって、聞いてみたいですね」

「私にとっての、シャルベリ……」

少佐の言葉に、お義母様は頬を緩めてうんうんと頷いている。

学校長も少佐に同意のようだが、それ以上に大人になった元教え子との思いがけない再会に感慨深いものがあるのだろう。

両目を潤ませてしみじみと言った。

「あの、手がつけられなかったやんちゃ坊主が、まさかこんな郷土愛に溢れた紳士になるなんて……。立派になったわねぇ」

「やんちゃぼうず？」

「ちょっと、先生。何も知らないパトリシア様の前で、人の黒歴史に触れないでいただけます？」

とたんに、少佐は居心地の悪そうな顔をした。

「私には二つ年上の腹違いの兄がおりましてね。こいつがまあ……とんでもないクソ野郎でして」

「くそやろう」

「おおい、こら！　言葉に気をつけろ、モリス！　パティの可愛らしいお口から似つかわしくない言葉が飛び出してしまったじゃないか‼」

講演を受けるかどうかの返事は、一旦保留にさせてもらった。

そうして、お義母様と学校長が昔話に花を咲かせ始めたのを機に、私はルカ君のお守《も》り要員として、少佐とロイと一緒に閣下の執務室にやってきたのである。

ようやく機嫌を直して眠ったルカ君は窓辺に置かれた揺りかごへ。

昨夜遅くまで酒盛りをしていたために寝不足のジジ様も、ちんちくりんの真っ白い子竜姿になり、ルカ君に寄り添うみたいにしてぷうぷうと寝息を立て始めた。

その手には、硬直した子竜のぬいぐるみ――小竜神が握り締められている。

一方手が空いた私はお茶を飲みつつ、学校長曰くやんちゃ坊主だった少佐の生い立ちを聞くこととなった。

「兄を産んだのは、王都で生まれ育った伯爵家の末娘でした。この結婚は、名家と知られつつも爵位を持たないトロイア家にとって、またとない良縁だったに違いないでしょう」

ところが、もともとシャルベリ辺境伯領に嫁ぐことを嫌がっていた前妻は、跡取りとなる男子を産んだとたん、お役御免とばかりに王都へ戻ってしまった。

一歳の誕生日も待たずに母親に捨てられた少佐の兄は周囲の同情を集め、また伯爵家の血を引くために殊更大切にされた。

中でも彼を溺愛したのが、当時実質的に家を仕切っていたトロイア卿の母親——つまり、少佐の父方の祖母である。

間もなく、トロイア卿は少佐の母親となる女性と再婚したが、こちらは貴族でもなんでもない商家の娘だったこともあり、姑のあたりはきつかった。

「まあ、ひどい扱いでしたよね。思い出したら腹立ってきた……あの、クソババア」

「くそばばあ」

「ここ、こらっ、パティ！　めっ！　モリスの真似しちゃいけませんっ！」

少佐の両親の夫婦仲は良好だったが、祖母の発言力があまりにも強すぎて、彼女に忖度《そんたく》する形で後妻をいびる使用人までいたらしい。

兄も兄で跡取りの長男という立場に胡座《あぐら》をかき、ろくに勉強もせずに祖母の権威を笠に着ていばり散らした。

「そんな兄を反面教師にして勉強を頑張ってみたりもしましたが……まあ、私の努力が認められることは皆無でした。それどころか、兄の面子《メンツ》を潰さないためにあまりよい成績を取るなとまで言われましたね」

「そんな……」

初めて聞いた少佐の痛ましい幼少時代に、私はかける言葉が見つからなかった。

「いい子でいるのが馬鹿らしくなっちゃうでしょ？」

情けなく眉尻を下げた私を慰めるように、少佐は冗談めかして笑ってみせる。

そんな優しい彼の思春期は、殺伐としたものだった。

家では母の立場を慮《おもんぱか》っておとなしくしていたものの、その反動で外では喧嘩に明け暮れたという。

学校長が今の少佐を見て、立派になった、と涙ぐんだのも、荒れていた頃の彼を知っていたからだろう。

そんな日々の中、転機が訪れたのは今から八年前――少佐が十三歳になったばかりの頃のこと。

裏路地で不良の一団と睨み合っていた時、仲裁に割り込んできた一人の軍人がいた。

「まあ、それが閣下だったんですけどね」

「あれは確か見回りの途中だったかな。若者が喧嘩をしている、と果物屋の奥さんに呼び止められたんだ」

喧嘩を止めたのは、まだ辺境伯軍司令官に就任する前の閣下だった。

不良達は閣下の軍服と腰に提がったサーベルに怯んで蜘蛛《くも》の子を散らすように逃げてしまったが、少佐だけは違ったらしい。

逃げた獲物の代わりとばかりに、丸腰で閣下に戦いを挑んだのだという。

「いやあ、あの頃のモリス、とんがってたな」

「若気の至りってやつですよ。何しろ、自分を最強の人間だと思い込んでましたんで」

というのも、その頃の少佐は喧嘩では負けなしだった。相手が軍人であっても、一対一なら負けるはずがないと思っていたのだ。ところが……

「もう、完敗も完敗。手も足も出ませんでしたからね。おかげでいたいけな私の自尊心はズタボロですよ」

「何がいたいけだ。とんだクソガキだったぞ」

「くそがき」

私が無意識に真似をすると、閣下は慌てて自分の口を両手で塞いだ。

とにかく、その時あっという間に閣下にねじ伏せられてしまったモリス少年は、悔しく惨めな思いとともに、凄まじい後悔を覚えることとなった。

それまで彼は、幸か不幸か素行の悪さを見咎められたことがなかったのだ。当時の担任だった学校長は察していたが、少佐の複雑な家庭環境を考慮して、トロイア家には秘密にしてくれていた。

しかし、シャルベリ辺境伯軍に捕まって身元が知られてしまっては、そうはいかない。

きっと日頃の問題行動が祖母の耳にも入り、それを理由に母はまたひどく詰《なじ》られるのだろう。

自分のせいで、何の罪もない母が傷つけられてしまう。

とたんに蒼白となってブルブルと震え出した不良少年に、閣下もただごとではないと感じたらしい。

問答無用で身元を吐かせて親や学校に連絡するのではなく、ひとまず軍の施設に連れ帰って、じっくり向かい合うことにした。

そして少佐の方も、素性も知らぬまま親身になって話を聞いてくれた閣下に、少しずつ心を開いていく。

自分が手も足も出ないほど強い相手に対する、少年らしい憧れもあったのだろう。

かくして、少佐に存分に鬱憤を吐き出させた閣下は、シャルベリ辺境伯軍への入隊を視野に入れるよう勧めた。

中等科を修了後、士官学校に進むにしても見習いとして軍で働くにしても寮があるため、家を出ることができる。

そして、シャルベリ辺境伯軍は実力主義である。努力は必ず報われる――

「いや、自分が司令官となって努力に報いてみせる――そう約束してくださったこと、覚えていらっしゃいます？」

「もちろんだ。その結果、お前はこうして私の補佐官にまでのし上がってきたんだろう？」

閣下の言葉に光明を得たモリス少年は一念発起。

猛勉強の末に翌年には中等科を修了し、士官学校に入学してからはあっという間に首席にまで上り詰めた。

同じ頃、トロイア家の中でも大きな変化が起こる。

絶対的権力者だった祖母が亡くなったのだ。

彼女の腰巾着《こしぎんちゃく》だった使用人達は立場を失い、逆に少佐の母の待遇は劇的に改善した。

兄は相変わらずだったものの、自分の立ち位置が定まった少佐にとっては瑣末《さまつ》なこと。

士官学校を卒業と同時に少尉の位を得た彼は、それからも努力を怠ることなく昇級試験に挑み、着実に位を上げていった。

「軍司令官となった閣下の側で働きたかったから、頑張れたんですよね」

そう、どこか照れ臭そうに言う少佐に、私は思わず頬を緩める。

「まあ、トロイア家出身だから贔屓《ひいき》をされたのではとやっかむ連中もいましたけどね。そういうやつは、拳で黙らせせました」

「あの頃のお前、まだとんがっていたもんな」

若い少佐の快進撃をよく思わない者も少なくはなかった。

それと同様に、女性軍人の出世頭であるアーマー中佐の昇進にも、古参の幹部は難色を示したという。

　そんな時、少佐やアーマー中佐がいかに優秀で頼もしいか、そして年齢や性別を理由に昇進を阻むことがいかに時代遅れで愚かなことであるかを理路整然と説いて聞かせたのは閣下だった。

「いやー、あの時の閣下は、不本意ながらかっこよかったです。じじい連中、ぐうの音も出ませんでしたもん」

「不本意とはなんだ。素直に褒めていいんだぞ」

　おかげで、少佐を縁故採用だと舐《な》めていた連中は早々に口を閉ざし、アーマー中佐にお茶汲みをさせようとしていた古参の幹部達も、最終的には率先して彼女にお茶を淹れてあげるほどになったという。

「とはいえ、頭の固い連中を納得させたのは、結局のところお前やアーマー中佐自身だよ。実際一緒に仕事をしてみて、二人の優秀さに舌を巻いていたからな」

　閣下はそう謙遜するが、少佐もアーマー中佐も彼がいたからこそ今の自分があると思っている。

　それは、私も同じだった。

　卑屈なばかりな落ちこぼれの子竜を、閣下が唯一無二と言ってくれるから、私はようやく自分を好きになり始めた。

　私なんて、と思うことは今もまだ多々あるけれど、それでも閣下が愛してくれる自分を少し尊く思えるようになったのだ。

少佐も、アーマー中佐も、私も、閣下の存在によって人生が好転した。

そんな閣下が領主を務めているのだ。

シャルベリ辺境伯領の未来は――そこで生まれ育つ子供達の未来は明るい。

私はそう声を大にして言いたくなった。

「講演のお話……受けてみようかと思います」

とたん、閣下と少佐は笑顔になり、ロイが尻尾を振る。

「うん、いいと思うよ。気負わず、自分の言葉で語ってごらん。もちろん、私も聞きに行くからね！」

「はいはい、二週間後でしたっけ？　閣下の予定を調整しておきますね。あっ、私とロイもご一緒しますので」

「わんっ」

さらには……

『おじいちゃんも行くよー』

眠そうなジジ様の声が聞こえたかと思ったら、何かがすごい勢いで飛んできて、私の髪に潜り込んだ。

我も行く、と囁くのは、子竜のぬいぐるみ――小竜神だ。

それを握りしめていたはずのジジ様は、大あくびをしながら揺りかごから起き上がると、ふいに少佐を見据えて言った。

『ところで、おまえの〝くそやろう〟な兄貴は、今どうしてるのさ』

ジジ様とくっついて眠っていたルカ君はまだぐっすりで、少佐は揺りかごを覗き込んで我が子の可愛い寝顔に頬を緩める。

「クソ兄貴でしたら、パトリシア様がシャルベリにいらっしゃる少し前に問題を起こして、ついに我が家の跡取りから排されました。今は更生するために、王都にいる親戚のもとに預けられていますよ」

不遇の時代を乗り越え大人になったその顔は、自信と希望に満ち溢れていた。

＊＊＊＊＊

「大丈夫か、パティ？　なんなら私も一緒に講壇に上がろうか？」

「パティ、心配ないよ。おじいちゃんが隣でおてて握っててあげるからねぇ」

あっという間に二週間が経ち、ついに創立記念式典の日が訪れた。

学校長からの講演の依頼を受けると決めたのは自分だが、やはり大勢の視線に晒されることを思うと、否でも緊張が高まってくる。

ドキドキ、ドキドキ。

早鐘を打つような鼓動に、うっかり子竜になってしまいやしないかと冷や冷やしながら、私は控室の椅子に座ってその時を待っていた。

当たり前のようについてきた閣下とジジ様が、ガチガチに緊張した私を励まそうとしてくれる。

それ自体はたいへんありがたいのだが、如何せん彼らの提案は頷き難いものだった。

当然のように、少佐から突っ込みが入る。

「あー、もう！　閣下もジジ様もいい加減にしてください！　パトリシア様が心配なお気持ちは分かりますが、小さい子供じゃないんですからね⁉」

「そうは言うがな、モリス！　パティが一人壇上でプルプル震えている姿を想像してみろ！　……あっ、ムリ……無理だ！　私の方が泣きそう‼」

「大丈夫だよ、パティ。目の前にいるやつら全員肉団子だと思えばいいんだ」

「閣下はもう勝手に泣いててください！　ジジ様、肉団子は生々しいですから！　せめてカボチャとかにしてくださいっ‼」

学校は、貯水湖へ流れ込む水を調整する北の水門から、水路沿いの道をトンネルに向かって遡った先にある。

シャルベリ辺境伯邸からさほど距離はないため、私と閣下、少佐とロイ、それからジジ様は徒歩でやってきた。

また、お義父様とお義母様まで私の晴れ舞台を見たいと言ってついてきてしまったため、さながら授業参観のようだ。

『パトリシア、しっかり』

「は、はい……」

肩に乗った小竜神様にまで励ましてもらったが、緊張は高まるばかり。

このままではいけない。

そう思った私は、外の空気を吸って気分転換をするために、控室として与えられた部屋から一旦出ることにする。

閣下が一緒に行こうかと言ってくれたが、この時ばかりは一人になりたくて断ってしまった。

それを、後悔することになるなんて――この時の私は知る由もなかった。


「「「あっ、パトリシアさまだっ！」」」

足の向くまま校舎の裏に出た時である。

私は思いがけず幼い声に呼び止められた。

パタパタと駆け寄ってきたのは、初等科に通う三人の男の子達だ。

これまでも何度か、下校途中などに出くわしたことがある彼らの一人が、実はアーマー家の次男坊だと知ったのはつい最近のことである。

生徒はそろそろ講堂に入る時間なのに、どうしてこんなところにいるのだろう。

そう尋ねる私に、男の子達は口々に言った。

「ぼくたちね、生きもの係なの。だから、そのお世話をしていたんだ」

「いろんな生きものがいるよ。パトリシアさま、ウサギだっこする？」

「鳥もいっぱいいるから見にきて。コンニチワって、しゃべるやつもいるの」

幼児期に小動物と触れ合うことで、命の尊さや相手を思いやる気持ちを養うなどという目的で、子供達に動物の飼育をさせる学校は多い。

自分達が世話をしている生き物を自慢したいらしく、男の子達はしきりに私を誘った。

時間は気になるものの、可愛い動物達を見れば少しは緊張も解《ほぐ》れるかもしれない。

「じゃあ……ちょっとだけ、見せてもらおうかな？」

とたん、やったー！　と叫んだ男の子達が、私の手を摑んで走り出す。

その勢いに面食らいつつ、私は肩に乗った小竜神と顔を見合わせてくすりと笑った。

はしゃぐ男の子達の姿に重なるのは、同じ年頃の閣下の甥エドワード・オルコット――エド君。

「エド君も今は地元の学校に通っているはずですが、元気にやっているでしょうか」

『うん、きっと大丈夫。あの子は我の眷属だから』

小竜神とこっそりそんなことを言い交わしているうちに、目的の場所が見えてくる。

大きな木造の飼育小屋は、男の子達が言っていた通り鳥がたくさんいるようで、ピイピイ、チイチイ、と実に賑やかだ。

コンニチワ！　と、元気な子供の挨拶を真似しているのはオウムだろうか。

草食動物のエサにするためか、飼育小屋の周りは一面畑になっており、脱走したらしいウサギが葉野菜をモリモリ貪《むさぼ》っている。

オウムにウサギ、ヤギにヒツジ、ニワトリやアヒル、大きなカメもいるようだ。

そうして——

「わんっ」

「ひぇっ」

飼育小屋の入り口には、番犬よろしく犬がいた。

ロイよりはずっとずっと小さい、薄茶色い毛並みの子犬だが、私の足はその場に縫い付けられたかのようにピタリと動かなくなってしまう。

当然ながら、手を引っ張っていた男の子達が不思議そうに振り返った。

「どうしたの、パトリシアさま？　かわいい子犬だよ？」

「あ、あの……私、犬がこわくて……」

「えー、こわい!?　ポロはおとなしいし、かんだりしないよ？」

「いえ……で、でも……」

「だーいじょうぶだって！　ほら、一回だっこしてみて！」

「ひえっ……む、むり……無理です！」

犬は、ポロという名前なのだろう。

男の子達の言うようにまだ子犬だし、おとなしくて無闇に人を噛んだりしないのかもしれない。

けれども、犬というだけで私を恐怖させるには十分だった。

それなのに、男の子達の一人が、私の制止も意に介さずリードを解いてしまう。

拘束するもののなくなった子犬は、尻尾を振りながら一直線にこちらに向かって駆け出した。

「ひうっ……!!」

私の心臓が、胸の中でビクンと大きく跳ね上がる。

ドクッ！　ドクッ！　ドクッ！　と鼓動が異常なほど激しくなり、強烈な勢いで心臓から吐き出された血液が、凄まじい速さで血管の中を駆け巡った。

全身に張り巡らされたありとあらゆる毛細血管の先端にまで、古来より受け継いだメテオリット家の血が行き届く。

パトリシア！　と小竜神の焦ったような声がするが、こうなってはもうなす術《すべ》もない。

このままでは、ジジ様も義両親も、少佐もロイも、そして閣下もいないところで——しかも、何も知らない幼い子供達の前で子竜の姿を晒してしまう。

きっともう、講演どころではなくなってしまうだろう。

こんなことになるなら、一緒に行こうと言ってくれた閣下の厚意を断るのではなかった。

そう、私が激しい後悔に苛まれた時だ。

「……ぴ？」

突然、目の前が真っ暗になった。

とはいえ、衝撃のあまり意識が暗転したわけではないらしく、暗闇の向こうで男の子達の驚いたような声がはっきりと聞こえた。

「「「へんきょうはくさま⁉」」」

と同時に私の耳が捉えたのは、トク、トク、トク、と心臓が脈打つ音。

その鼓動にも、自分を包み込む温もりと香りにも、はっきりと覚えがあった。

『閣下……』

自分はどうやら、閣下の外套の中にいるらしい。

もしかして、私を心配して追いかけてきてくれたのだろうか。

ともあれ、私はほうと一つ安堵のため息を吐き出す。大きな安心感が、たちまちちんちくりんの子竜を優しく包み込んだ。

閣下はというと、私を外套の中に隠したまま、男の子達の前にしゃがんだようだ。

そして、私の姿が見えなくなったと首を傾げる彼らに、穏やかに語りかけた。

「やあ、君達。パティ――パトリシアは犬がこわいと言ったはずだけど、どうして抱っこさせようとしたのかな？」

「ええ？　だって、ポロはまだ子犬だよ？」

「ちっちゃいし、おとなしいし、かまないもん」

「パトリシアさまのこと好きーって、しっぽ振ってたし」

男の子達の言い分に、閣下はなるほどと頷く。

それから、一人一人に言い聞かせるようにゆっくりとした口調で続けた。

「君達がその子犬を信用していることも、可愛いからパトリシアに抱かせてやりたかった気持ちもわかった。けれど、例えばだよ？」

閣下は、ちょうど正面にいたらしいアーマー家の次男に向かって、苦手な食べ物があるかと問う。

「ピーマン！　ぼく、ピーマンきらいだ！　だって、苦いもの！」

「そうか。では、考えてみてほしい。君の友達が、君がピーマンが嫌いだと訴えているのに、ピーマンは栄養があって、苦くないように料理をしたから食べてみて、と無理矢理口の中に突っ込んできたらどうかな？」

「え……？　い、いやだ……」

外套越しに、アーマー家の次男の戸惑う気配がひしひしと伝わってくる。

他の二人も同様で、彼らは揃って口を噤み、閣下が例えとしたピーマンの話が私に犬を抱かせようとしたこととどう繋がるのかを考えているようだった。

やがて答えに辿り着いた男の子達が、おずおずと口を開く。

「パトリシアさまは、ポロのことが本当にこわかったんだね」

「ぼくたち、パトリシアさまにひどいことをしちゃったんだ」

「パトリシアさま、ぼくたちのこと嫌いになっちゃったかな」

悲しげな幼い声を聞いた私は、すぐにでも閣下の外套から飛び出して、そんなことはないよと叫びたかった。

そんな私の背を宥めるように外套越しに撫でてから、閣下は男の子達に向かって殊更優しい声で言う。

「大丈夫。パトリシアは君達を嫌いになんてならないよ。君達が意地悪をしようとしたんじゃないことも、ちゃんと分かっているから安心しなさい。失敗は誰にでもあるものさ。大事なのは、それを繰り返さないことだ」

「「「はい……」」」

「それでね。今後もし、パトリシアが犬の前で困っていたら、助けてあげてほしい。お願いできるかな？」

「「「はいっ‼」」」

しょんぼりしていた男の子達が、閣下の言葉にたちまち声を弾ませる。

私は閣下の心音と温もりと香りに包まれながら、ほっと胸を撫で下ろした。

そんな中、外套越しにアーマー家の次男の声が響く。

「おかあさんの言っていたとおりだ！　へんきょうはくさまは、パトリシアさまがとっても大好きなんだね‼」

そのとたん、頬を押し当てていた胸の奥で、閣下の心臓がトクンと一つ大きく高鳴った。

子竜の身体が外套越しに強く抱きしめられる。

そうして、閣下はトクントクンと鼓動を刻みながら、アーマー家の次男に負けないほど声を弾ませて言った。


「そうなんだ！　私はパトリシアが――パティが、大好きで大好きで、仕方がないんだよ！」


ドキドキ、ドキドキ。

私の胸も大きく高鳴った。

閣下の言葉が嬉しくて、そしてやっぱり彼の鼓動さえも愛おしい。

以前は、胸がドキドキするのが嫌だった。

だってドキドキがひどくなると、望むと望まざるとにかかわらず、私は子竜になってしまったから。

けれども閣下に出会って、驚きや恐怖以外でもこんなにも胸が高鳴るのだと知った。

物が溢れて華やかな王都でも得られなかったことを、私はきっとこれからこうして、閣下の側でたくさんたくさん経験していくのだろう。

真っ黒い閣下の外套の下で思いを馳せる未来は、眩しいくらいに明るかった。

＊＊＊＊＊＊

「――かつては水不足に悩まされつつも、耐え忍び、苦難を乗り越え、こうして豊かで穏やかな町を作ってくださったシャルベリの先人の方々を尊敬します。そして、他の地で生まれ育った私を、温かく受け入れてくださった今のシャルベリの皆様に深く感謝しております」

五百五十余名もの人々の視線が、壇上の私に向けられていた。

その中には、アーマー家の次男を含む生きもの係の三人もいる。

あの後、どうにか子供達を誤魔化して外套に隠されたまま控室に帰り、閣下によって人間の姿に戻してもらっていると、すぐに講演の時間になってしまった。

そのため、緊張し直している暇もなかったが、それがかえってよかったのかもしれない。

場慣れしていなくて、決して上手とはいえない私の話にも、子供達の多くが興味津々に聞き入ってくれていた。

好意的な彼らの眼差しが、私を元気付けてくれる。

来賓席から鼓舞するような閣下達の視線も心強かった。

だから、私は自信を持ってこう締め括《くく》る。

「シャルベリが自分の第二の故郷となることを、心より喜ばしく思います。そして、いつか自分に子供が生まれた時――この地で育て、この学校に通わせることを、今からとても楽しみに思います」

たちまち、会場からは温かい拍手が沸き起こった。

ドキドキ、と心地よく胸が高鳴る。

誇らしい気持ちで改めて来賓席に視線を向けると……


「ううっ……パティ、とおとい……」

「ぼく、子も孫も育てたことないから知らなかったけど……こんなに感動するもんなんだね」


閣下とジジ様が揃って、両手で顔を覆って天を仰いでいた。


そうして、この三日後。

閣下は私の懐妊を竜神の神殿に報告した。

殿下の趣味は、
私（婚約者）のお世話をすることです
1~2
月神サキ
Saki Tsukigami
Illustration m/g
王太子殿下が作る
異世界ご飯は絶品です！
フェアリーキス
NOW ON SALE
王太子のルイスから、婚約の条件として三食おやつ付きでお世話をさせてほしいと告げられた公爵令嬢のロティ。実はロティは食べるのが大好きなのだ。ルイスが作る『オムライス』『肉じゃが』『味噌汁』という料理は初めて見るものばかりですごく美味しい！聞けばルイスは異世界から転生してきたのだという。すっかりお世話されて甘やかされて「まるでお母さんみたい」とルイスに伝えると、微妙な顔で深い溜め息をつかれてしまうのはなんで!?
フェアリーキス
ピュア
fairy kiss
Ｊパブリッシング　https://www.j-publishing.co.jp/fairykiss/　定価：1320円（税込）